诗歌植物学

臧棣 著

图书在版编目（ＣＩＰ）数据

诗歌植物学／臧棣著．—南京：江苏凤凰文艺出版社，2021.11（2024.7重印）
ISBN 978－7－5594－5996－1

Ⅰ．①诗… Ⅱ．①臧… Ⅲ．①诗集－中国－当代 Ⅳ．①I227

中国版本图书馆 CIP 数据核字(2021)第 179459 号

诗歌植物学

臧棣 著

出 版 人	张在健
责任编辑	唐　婧　李　黎
责任印制	刘　巍
出版发行	江苏凤凰文艺出版社
	南京市中央路 165 号,邮编：210009
网　　址	http://www.jswenyi.com
印　　刷	苏州市越洋印刷有限公司
开　　本	880 毫米×1230 毫米　1/32
印　　张	18.875
字　　数	339 千字
版　　次	2021 年 11 月第 1 版
印　　次	2024 年 7 月第 4 次印刷
书　　号	ISBN 978－7－5594－5996－1
定　　价	98.00 元

江苏凤凰文艺版图书凡印刷、装订错误，可向出版社调换，联系电话 025－83280257

目 录

卷一

茉莉花简史 —— 003

兰花简史 —— 006

紫草简史 —— 008

小蓟简史 —— 010

红辣蓼简史 —— 012

茼蒿简史 —— 014

含羞草简史 —— 016

灰藜简史 —— 018

旋复花简史 —— 020

艾叶简史 —— 022

常春藤简史 —— 024

青篙简史 —— 026

狗尾草简史 —— 028

梭鱼草简史 —— 030

带刺的纪念，或葎草简史 —— 032

水葱简史 —— 034

千叶兰简史 —— 036

真正的沙漠，或芨芨草简史 —— 038

紫叶小檗简史 —— 040

长春花简史 —— 042

灯芯草简史 —— 044

羊齿植物简史 —— 046

山桃花简史 —— 048

蔷薇简史 —— 050

竹芋简史 —— 052

巴西木简史 —— 054

杂草人类学简史 —— 056

白鹤芋简史 —— 058

绿萝简史 —— 060

藏红花简史 —— 062

红玫瑰简史 —— 065

虞美人简史 —— 067

黄菖蒲简史 —— 069

迎春花简史 —— 071

连翘简史 —— 073

樱花简史 —— 075

樱桃简史	——	077
鼠尾草简史	——	079
莳萝简史	——	081
常春藤简史	——	083
刺蓟简史	——	085
满天星简史	——	087
白碧桃简史	——	089
荷塘简史	——	091
马郁兰简史	——	093
紫金牛简史	——	095
荨麻简史	——	097
独根草简史	——	099
蜜蜂花简史	——	101
凤仙花简史	——	103
羊蹄甲简史	——	105
雪莲简史	——	107
仙客来简史	——	108
金莲花简史	——	110
猫爪草简史	——	112
窄门开花，或迷迭香简史	——	114
酢浆草简史	——	116

人在科尔沁草原，或胡枝子入门	——	118
郁金香入门	——	120
绚烂入门	——	122
燕园荷塘入门	——	124
冬天的连翘入门	——	125
以深秋的连翘为例入门	——	127
凌霄花入门	——	129
蜀葵入门	——	131
二月蓝和二月兰的区别入门	——	133
野姜花入门	——	135
紫菀入门	——	137
黄刺玫入门	——	139
琼花的逻辑入门	——	140
醉蝶花入门	——	142
红蓼入门	——	144
紫罗兰入门	——	146
爬山虎入门	——	148
木槿花入门	——	150
马兰花入门	——	151
龙船花入门	——	153
山丹丹入门	——	155

芦苇的舞蹈入门	——	157
白莲入门	——	159
芍药入门	——	161
比水仙更对象入门	——	163
蝙蝠花入门	——	165
紫鸢尾入门	——	167
水竹芋入门	——	169
杜甫的玫瑰入门	——	171
连翘入门	——	172
龙舌兰入门	——	173
千屈菜丛书	——	175
美人蕉丛书	——	177
雏菊丛书	——	179
波斯菊丛书	——	181
鸡冠花丛书	——	183
薰衣草丛书	——	185
尼罗河白莲丛书	——	187
女郎花丛书	——	189
丁香丛书	——	191
万寿菊协会	——	193
马樱丹协会	——	195

吊兰协会 —— 197

大丽花协会 —— 199

悬铃花协会 —— 201

紫花地丁协会 —— 203

蓝盆花协会 —— 205

一串红协会 —— 207

槭叶铁线莲协会 —— 209

海棠协会 —— 211

矢车菊协会 —— 213

骆驼草协会 —— 215

牵牛花协会 —— 217

金色的秘密丛书 —— 219

绣球花丛书 —— 221

铁线莲学会 —— 223

骆驼刺丛书 —— 225

向荷塘致敬 —— 227

文竹 —— 229

玫瑰刺丛书 —— 231

甘菊颂 —— 233

野玫瑰 —— 235

白玫瑰 —— 236

红玫瑰	——	238
蓝玫瑰	——	240
繁花	——	242
百合花	——	244
垂丝海棠	——	247
爱情植物	——	249
草	——	252

卷二

天物之歌,或红梨简史	——	257
石榴简史	——	260
银杏的左边简史	——	262
枇杷男孩简史	——	264
丝棉木简史	——	266
栗子简史	——	268
桧柏简史	——	271
佘山竹影简史	——	273
败叶简史	——	275
柿子的神学简史	——	277
蜡梅学简史	——	280
树语者简史	——	282

山楂花简史	——	284
苦楝树简史	——	286
咏杏学简史	——	288
日照归来，或麻栎简史	——	290
雪松简史	——	292
曲园谈诗，或朴树简史	——	294
黑松简史	——	296
梧桐简史	——	298
小叶女贞简史	——	300
雷公山归来，或秃杉简史	——	302
榆树简史	——	304
枸骨简史	——	306
蓝花楹简史	——	308
白蜡树简史	——	310
白杨简史	——	312
巴西风铃木丛书	——	314
尖山桃花观止	——	316
红醋栗入门	——	318
灵空山油松入门	——	320
碧桃诗学入门	——	322
银杏夜入门	——	324

血桐入门	——	326
太湖梅花	——	328
落叶启示录入门	——	330
落叶颂入门	——	332
灯笼果入门	——	334
乌桕树入门	——	336
文化人类学考试入门	——	338
扦插入门	——	340
辰山植物园入门	——	342
北京泡桐入门	——	344
加利福尼亚的棕榈入门	——	346
梅花节指南	——	348
红叶学入门	——	350
秋红入门	——	352
黄葛树下入门	——	354
比柳绿更对象入门	——	356
红果冬青入门	——	358
低于落叶入门	——	360
楸树入门	——	362
荚蒾入门	——	364
假如你知道金银花和金银木的区别入门	——	366

苹果花入门	——	367
紫荆入门	——	369
花儿为什么这样红入门	——	371
银杏入门	——	373
岳桦树入门	——	375
红叶的速度入门	——	377
红柳丛书	——	378
金胡杨林丛书	——	380
鹅耳枥丛书	——	382
源于琼花的烟花学丛书	——	384
百日红丛书	——	386
棣棠丛书	——	388
樱花丛书	——	390
野草丛书	——	392
暗香学丛书	——	394
麒麟草丛书	——	395
木荷协会	——	398
月桂协会	——	400
山茱萸协会	——	402
黑眼菊，或雌雄同体协会	——	404
橄榄树协会	——	406

红皮桦协会	——	408
桑葚广场	——	410
以紫薇为路标	——	412
黄栌	——	414
咏物诗	——	416
香樟树下	——	418
香椿	——	420
水杉	——	422
铁杉	——	425
冬青	——	427
风中的树	——	429
椿树之死	——	432
玉兰树	——	435
房屋与梅树	——	436

卷三

黑枸杞简史	——	439
杏仁简史	——	441
罗汉果简史	——	443
蒲公英简史	——	445
柴胡简史	——	447

桑叶简史	——	449
莴笋简史	——	451
荸荠简史	——	453
香料简史	——	455
草莓简史	——	457
尖椒简史	——	459
萌芽简史	——	461
薏米简史	——	463
白果简史	——	465
孕蕾期简史	——	467
郁闭度简史	——	469
记忆之花简史	——	471
以尚未长开就被摘走的苇叶为现场入门	——	473
韭菜简史	——	475
荠菜简史	——	477
洋葱疗法简史	——	480
香菜简史	——	482
混进了紫苏的裸体早餐简史	——	483
苦瓜男孩简史	——	485
皱皮椒简史	——	487
丝瓜灯简史	——	489

秋葵简史	——	491
西瓜简史	——	493
杨梅简史	——	495
鸭梨简史	——	497
李子简史	——	499
马黛茶简史	——	501
野豌豆简史	——	503
蚕豆入门	——	505
柠檬入门	——	507
紫秋葵入门	——	509
糖藕入门	——	511
黑莓入门	——	513
佛掌参入门	——	515
五味子入门	——	517
野坝子蜜入门	——	519
北方特有的唇形科植物入门	——	521
杨梅入门	——	523
白蒿入门	——	525
藜麦入门	——	527
芝麻菜入门	——	529
枫糖液入门	——	531

芒果入门	——	533
柏林黑莓入门	——	535
蕨麻丛书	——	537
芹菜的琴丛书	——	539
好色的蔬菜丛书	——	540
蘑菇丛书	——	542
金银花丛书	——	544
芦笋丛书	——	546
芜菁丛书	——	548
蓝靛果丛书	——	550
海南莲雾丛书	——	552
云南酸角丛书	——	553
紫肉丛书	——	555
热带水果摊丛书	——	557
黄瓜协会	——	559
蛇瓜协会	——	561
覆盆子协会	——	563
穿心莲协会	——	565
木瓜灯协会	——	567
菠萝蜜协会	——	569
山竹协会	——	571

采草莓	——	572
百香果	——	574
采莲子	——	576
葡萄	——	577
初春的堇菜	——	579
菠菜	——	581
剥洋葱丛书	——	583

卷一

茉莉花简史

> 一部分是劳作,一部分是痛苦,
> 荣耀仅次于持久的爱情
> ——华莱士·史蒂文斯

自带旋律。无名的忧伤
屡屡将它出卖给流转的霓虹
和半醉的轻影;而你不会想到
宽松的云,是它穿过的
一件最合身的素衣。此时,
光影的变换更强烈,被绿酒泼过的
夜晚,倾斜在它迷人的香气里。
击鼓之后,清秀是清秀的代价;
如果你自忖过眼的烟云里
会有不止一个例外,
那么,命运欠它的东西

就比欠你的，要多得多。

圣徒和愚人可曾在它面前

分得过一勺平等？或者

换一种口吻，什么人的死亡

曾在纯洁的容颜里鉴别

可怕的谎言？它粉碎过自己，

且并不吝惜在你的茶杯旁

露出它的小白牙；柔软的歌声里

有一张朝我们撒开的网，

但那不是它的错。

如果你不知道狂暴的飓风

才是它最终的对手，

你就不会懂得被历史淹没的

离散的记忆，令它的每一片绿叶，

每一朵花蕾都对应着

属于母亲的细节。别的植物

都不会有它这样碧绿的肩胛骨，

洁白的绽放仿佛能接住

母亲的每一滴眼泪；当少年的我

追问为什么时，母亲会像她

早年做过的战地护士那样
利索地擦去痕迹；而我想要
做一个好孩子的话，就必须听完
从她的湖南口音里飘出的
另一首欢快的歌。

2021 年 2 月 17 日

兰花简史
——仿苏东坡

蝴蝶飞走后,它的假鳞茎
很像一个人从未区分过
他的生活和他的人生
究竟有何不同;

并非禁区,被很少谈及,
仅仅是因为,当他的生活
大于他的人生时,
它仿佛躲在铁幕的背后;

据记载,它从未害怕过狮子
或黑熊。也许秘密
就在于它美丽的唇瓣
能令凶猛的动物也想入非非。

而醒目的真实原因很可能
比花姿素雅更深邃；
在领略过芍药或牡丹之后，
它的美之所以仍能胜出，

全赖心灵的暗示最终会平息
我们所有的蠢蠢欲动；
当一个人试图烘托
精神的秩序时，它会及时

从侧生的花葶提供缕缕幽香；
而当他需要从存在的晦暗中
夺回某种无形的归属权，
它就会贡献一个新的基础。

2019年6月，2021年1月

紫草简史
——仿白居易

我们给历史分类时
它显露出的快乐
仿佛构成对人的无知的
一种绿色的嘲讽；

微风吹过，这嘲讽会融入
本地的气息，生动于
自然的摇曳，但从始至终
也并未太过分；就好像它幻想着

我们最终能进化到
给大地之血重新分类；
而不是像现在这样，
只是偶尔才注意到

混迹在茂密的杂草中，
唯有它的姿态独特于
多年生草本，浑身的粗毛
生硬地捍卫着挺立的茎秆；

我们给候鸟分类时，
乌鸦会衔着它的紫色花冠
去挑逗，魔鬼会不会
变成好人。而当我们学会了

给春秋的深意分类时，
它会像约好了似的，
在沸水里等着你去更新微苦
在人的精神中的一个含义。

2020 年 6 月，2021 年 2 月

小蓟简史

> 谁孤寂,谁就能掌握奥秘
> ——戈德弗里德·贝恩

叶缘上的锯齿
是否绵柔,仿佛是它判断
这个世界好坏的
一个理由。五月的坡地上,
它美丽如一个隔世的记号,
回应着刺儿菜的小秘密;
一旦绽放,它就只偏爱粉紫色,
并会将一千根针插进
它小小的花苞:如果你数不对,
你的好奇心就会输给
一只兔子,但也说不定,直接叫它刀枪菜,
能挽回一点面子。它邀请你

最好用自己的方法,再次确认
大地的精华无不来自根部;
它不需要你俯视它——
它只求低下头时,
你看见的,是它的另一面。

　　——赠贺骥

2017年5月21日,2020年5月25日

红辣蓼简史

初次接触,你的无知
已在它面前全部暴露出来,
但它不是仲裁者;
才没工夫听你抱怨
迷宫里的忏悔录
隔音效果一直都不太好呢。

命运的瑕疵中,它的确不擅长区分
魔鬼的脚步和野猪的踩踏
有何不同?但它不曾怀疑
你的善意;就如同弥补
一次无心的过失似的,
它将美丽的穗状花序垂向你的手心。

病毒星球太抽象,所以

它的茎节必须膨大到容易折断,
以便你能领悟杀虫的方法,
从来就不止一种;
每采撷一回,时间的深处,
荒凉就会围绕它,构成一次礼貌。

2016年7月3日,2020年5月29日

茼蒿简史

若不是抱有一个偏见,
怎么会看不出来,它颗粒轻微,
但色泽却饱满得
一点也不输给黑芝麻
在时间的暗影里翻出的小跟头。

没错,顶着菊花菜的名头,
信任必须源于细节:把一碗水端平,
种子之歌才会在新的泡发中
将轮回的秃头磨洗得
只剩下发芽的冲动。

往大里说,新的开端是否成立,
取决于条播比撒播更生动。
长高之后,几只蚂蚁像检修

看不见的秘密线路似的,
往返在它们年轻的翡翠茎秆间;

最意外的,好像刚在番茄苗那里
打过照面的七星瓢虫
竟然也喜欢爬在它的嫩叶上,
像颜色鲜艳的大师一样
将蚜虫慢慢咀嚼在命运的蠕动中。

不论它是不是一道菜,
它都必须美味到令时间惭愧;
据说晚年辗转到荆州时,
老迈的杜甫曾梦见将它和糯米腊肉
粉蒸在一起时,佛真的会跳墙。

2020 年 5 月 31 日

含羞草简史

在它周围，野兽的出没
可以忽略不计；包括人
究竟能感到多少原始的恐惧
也已淹没在践踏的混淆中；
越轻盈的，越难判断；

而世界，还剩下多少
值得信赖的角落
仿佛和你遭遇它的次数有关；
遵循同样的视角，暴力的根源
仿佛也同我们对它的无知有关；

如果它想用最直观的东西
来安慰你，那一定涉及
深奥的反面比朴素还朴素——

豆科植物的直根性，可是
连刚和霹雳亲过嘴的雨神都惹不起呢。

更别提，只要轻轻一碰，
奇妙的压力便会主动构成一种传递——
它碧绿的羽叶会当着你的面，
毫不客气地，将生命的羞涩
作为一种单独的礼物，强加在

你必须保证从此以后
你会格外反省我们是否辜负过
生命的敏感。说到就要做到，
至少每一次闭合，它都干得漂亮，
反应迅捷得像是一点也没拿你当外人。

2020 年 6 月 10 日

灰藜简史

> 以道观之,物无贵贱
> ——庄子

一个真相将它们暴露在
通往湖边的小路两旁,
数量多到假如它们不是
难以根除的杂草的话,
我们还会缺野菜吃吗?
谈不上多么营养,但作为
瘟疫年代的备用知识,
它们的确引诱你从黑暗记忆的缝隙里
挖掘到胭脂菜的秘密:
花色带着巫气,少见的紫黑色,
但从线条粗壮的茎棱看,
至少嫩叶是可食的。极端环境下,

如果我们被震裂的迷宫

暴露在爬满蛇蝎的瓦砾中，

死亡和饥饿同时开始扑向我们的影子，

这些草本植物将在我们周围

筑起一道茂密的生存屏障；

它们凭借随处可见，以及

采撷方便，给我们带来了

一种真实的安慰：就仿佛

最后关头，自然依然是可靠的。

2020年6月13日

旋复花简史

> 永远只承认手
> ——叔本华

花苞开裂时有点像你不敢相信
世界上还会有金黄的舌头；
凭借美丽的倒影，它知道
洄游的鲑鱼没有肺，
只有露出水面的鳍，大胆得像是
要为这静止的历史发明
一种锋利的旗语；

而婉转来自翠绿的鸟鸣
并不相信魔鬼和天使
会拥挤在同一个身体中；
用迷人的复杂性

拖延一个内部的决裂；
所以，假如这咳嗽的声音
真的是从末日的缝隙里

传出的，且始终不见减弱的话，
它会把花期提前到初夏，
以便来自深山的野蜜
跳进滚烫的沸水里时，
它能及时破除一个神话；
令所有的后果看上去
都像是被一只金驴踢过似的。

2020年6月15日

注：题记出自叔本华《作为意志和表象的世界》。

艾叶简史

庇护之门，兼有辟邪
和得道的取向：进去时，
湿透的背影像是刚在
密集的鼓声中把翘尾巴龙舟
划进了天堂的死角；
出来时，嘴角上粘着的黄米
暴露了赤豆也被肥肉狠狠腻味过；

效果很古老，全然出自
习俗也要讲点风格，
所以，取材必须很清白：
不一定非得是上好的
水曲柳，或花纹客观的青石，
不一定非得看着像
缩小的牌楼，不一定非得朝南开；

第一缕阳光照射过来时
能和凤凰的翅膀沾点边就行；
但结构上，所有的支撑点必须有
一半来自现实，一半来自过去，
如此，倒挂着的草香
像服刑似的，驱赶着蚊虫，
才会感觉不到丝毫的委屈。

2020年6月25日

常春藤简史

相信插曲吧,如果你只相信删除,
农药将梦见米罗。
　　——森子

风暴的对立面,狗的鼻子
渐渐变绿时,你也许会猜到
净化的力量不一定
都和滔天的洪水有关;
嗅觉是否灵敏,也很关键;

如此,在缓解的视觉疲劳中,
它深绿的睡眠宣言
才会因你的深呼吸而成为
生命的语言。是的,你没有看错,
它的叶子正是它的语言,因朴素而顽强。

这一点与我们不同,但并不妨碍
灵魂的借鉴。没错,趴在你肩膀上的云
有可能是绿色的,甚至像龙的鳞片;
所以你有必要确认:那深刻的
责任是否经得起身体的依偎。

不起眼,但它的每一次呼吸
都服务于你周围有太多的飘浮物
以及它们的象征性需要过滤;
所以烈日当空,体现在它身上的,
叶色,也很像提前到来的夜色。

而它的出色还表现在安静的同时,
耐阴的能力仿佛和我们的
雨伞经常怎么也找不到有关;
但它并未放弃祈祷,它的喜光性
至少有一半曾用于同情人性很复杂。

2020 年 7 月 5 日

青蒿简史

　　一片草叶的奉献，不亚于星辰的运行
　　　　——瓦尔特·惠特曼

像是和灵魂的颜色
有过比已知的秘密更详细的
分工，即便是清明过后，
它们也能经得起自身的外形考验——

水灵到纤细的影子里全是
碧绿的命脉；轻轻一掐
嫩嫩的叶尖便会把隐藏在原野深处的
美食，召唤到你的指缝间。

大多数时候，口味的确会因人而异，
但在这些菊科植物身上，绝对的清香

从来就没被地方性迷惑过；
将它们剁碎捣烂后，你可以保留

个人的意见，但必须接受
更可靠的记忆之血
就它们提供的现实的证据而言
是青绿色的，比最纯粹的颜色还深浓；

混入重击之下黏稠的糯米后，
稍一揉搓，就比定心丸的效果还要好。
风味不风味，是一回事；
你的气血里渗入过多少植物的神话，

肯定不是什么小事。当然，微妙的前提
也还是要保留一点的；就好像
以口感为溯源点的话，这一切有赖于
你应是从深山里走出来的好人。

2018 年 5 月 15 日，2020 年 7 月 7 日

狗尾草简史

随和到随处可见，直至盛夏的
骄阳下，无私的奉献
在它们身上显露出：你有一个羞愧
已有很久都没更新过。

世界上没有两片树叶是相同的；
尤其是，猫头鹰从茂密的枝叶中飞出
扑向思想的黄昏时；而它们
另取捷径，只热衷于彼此的混同。

至于能否算例外，随意到随你挑：
它们中间的每一株都很像相邻的另一株，
而另一株则将这碧绿的相似性
迅速传递到它的周围。

早期的无知中，它们仿佛也曾
靠数量取胜。这似乎有点原始，
以至于即便你是圣徒，也很难正确看待
这些阿罗汉草对同一性的热爱。

夏日的野地上，它们带来的欢乐
并不总是纯粹到无忧；尤其是
在被称为杂草时，它们会矛盾于
我们对大地的疯狂的占有。

常常被错看，但它们从未想过
以同样的方式抱怨你的眼力；
煎过水后，喝下该喝的，再用剩余的
外擦一遍，你的遗憾或将再推迟一百年。

2020 年 7 月 21 日

梭鱼草简史

一个界限因这些挺水植物
长得比时间的梭子还要性感
而渐渐显露。最明显的标记，
直立并且高出叶面的花葶
一点也不害怕你会误用它们那泛滥的
缀满紫蓝色小花的穗状象征物。

近乎化身之花，只有在潮湿的水岸
才能与它们中最善良的几株
汇合在安静的辨认中。如果那不是
一个游戏，你如何解释这样的包容：
你缺少什么，它们就暴露什么。
它们强烈的暴露癖无惧你

最极端的猜测，镇定得就如同在模拟

一个孤独的神是如何卷入
我们的羞耻心的。那些挺翘的大翠叶
就像一台没被认出的涡轮机上的
备用叶片。它们身上的绿叶
犹如人生如梦可被斧子劈成两半,

不能简单按通常的面积来换算——
更何况你不是小矮人,又怎么会知道
梦的出口何时会受限于我们看待它们的眼光
是否狭隘?花影美丽,意味着我们的世界
至少在这些雨久花科植物那里
曾作为信念的对象存在过——

那近乎一种微妙的平衡
尽管脆弱,却熬过了人类的反观性。
如此,用它们来摆脱困境的诱惑
始终存在,所以,你必须发誓:
当它们随风摇曳,无须对照
宇宙之心,你会对得起大海的影子。

2020年7月29日

带刺的纪念，或葎草简史

只有在平原的尽头
才会呈现这样的势头，雨后的大地
就像一张飞累了的深色绿毯；
布谷鸟的高音喇叭
过滤着空气中无名的怨恨；

概率很小，但一只金蝉
的确把刚刚脱褪的壳
像接头暗号似的，留在了
五爪龙的掌状叶上。
不仅如此，那些球果状花序

也像是要挑战你的灵视
能否经得起一场没有其他人证的实战；
而有一种自信仿佛源自

它们的味道在内行人看来
也不输顶级的啤酒花。

高潮到来时,可能性
为避免过于抽象,派一只大黑熊
在你的身体里蹲下
像跳黑灯舞;如果外形上没破绽,
你打算给今天的变形记

打多少分呢?瞧瞧它们的做派吧;
纤细的藤茎和可爱的叶柄上
布满了倒钩刺,绵密到
你有点怀疑你是不是
已对这个世界放松了原始的警惕。

2020 年 7 月

水葱简史

> 最厚颜无耻的想法：觉得自己是孤零零一个人
> ——埃利亚斯·卡内蒂

浅浅的水塘边，没能在第一眼中
确认它们是不是荸荠
并没有那么丢人：顶多表明
最好喝的羊肉汤，你还没有喝到。

而进展到这一步：依据那些
通直的茎秆，就肯定它们绝对不是
茭白笋，充分说明你确曾
在金色池塘里钓到过不止一只王八。

十五年前，细雨描画出
它们在春天的边界；特别是

刚长出来的时候,你的疑惑经典得
就好像世界观的通风系统

很容易被这些挺水宿根植物
堵死在一个想当然中:它们如果不是
芦苇的话,还能是什么呢?
最后的关头,还得靠那些细碎到

橙红的聚伞花序来刺激一下
想象力的偏方,活到知天命的年纪
才有点像那么回事:仅仅偶然的一瞥,
冲天草的背影中,掠过的紫燕已如时光的暗器。

2020年8月9日

千叶兰简史

　　一个赌注，……必须要创造出一些有意义的东西
　　——阿尔贝·加缪

西比尔嘴里的橄榄叶
即使嚼光了，它也不会终止
它那可爱的垂吊。没错，
红褐色藤茎确实像铁的细线
刚刚从命运的口风中
被拽到夏日的阴翳中——
那里，不完美的安慰仿佛替我们
延长了另一种生命的底线。
它的植物气息里始终都带着
一股隐蔽的突然性：再没有任何死亡
值得它去预言，值得它浪费
丛生的藤叶。凭借叶片

看上去是否心形,它不允许
在橡树叶上沉睡过的
人类的文字再爬上它的
溜圆的小床。有过一瞬间,它幻想
你就是那位它一直都想结识的
驾驶过高塔吊车的人。没错,
生命的愉悦感是否非得绷紧过
永恒的念头,可以往后
放一放,但将它吊挂
在通风的环境中必须立刻成为
现实的一部分;这之后,
它会让你见识到曼妙的婆娑
是如何将生命之舞
从我们熟悉的角色中剥离出来
融入身边的无人之境的。

2020 年 8 月 15 日

注:西比尔,希腊神话中的女预言家。

真正的沙漠，或芨芨草简史

六年前我带你去见
真正的沙漠：骑过大象的
男孩怎么能再延迟抚摸
驼峰的形状。更何况，
一只蝗虫把你的眼睛刚刚削了一下，
就匆匆躲进八月的芨芨草中——
诸如此类的插曲还有很多，
而那样的相遇很可能会埋下
几粒陌生的种子，直到蓝天低得
像是听懂了滚烫的沙子
在广漠的寂静中默默积累而成的
金色的祈祷。由近而远，
也可以随时成就另一番景象：
地平线上全是沙子摊开的谜底——
和预想的不一样，一旦上了弦，

空无反而比死亡更能

替我们节约时间是可贵的。

一只老骆驼，载着你突破了

梦和现实的界限，将你抱紧在

生命之歌的颤音中。有待确认的感觉中

你似乎已了然：人世的险境

如果还可被作为风景来看待的话，

同行者中必须有父亲——

那近乎一种神圣的在场，

扣紧的手指，肩膀的轻轻触碰，

以及每一丝恐惧或疲惫

都有很强的根蘖性，甚至可作为

一种教育的基础，交错在

你的成长意味着我

必须时刻敏感于一个大人

需要摆正他的位置。

2020年8月29日

紫叶小檗简史

    荒谬是对疲惫者的荫庇
        ——波德莱尔

和它们有关的真理
始终是朴素的,就像一道篱笆
最终能否成立取决于附近
永远也不会有大象出没。

小小的黄花开过之后,
细密枝条上的那些尖刺
仿佛对什么东西更需要它们来衬托
有了另外的想法:不同于我们

和金叶女贞达成的秘密共识;
成熟的颜色不一定都和金色的记忆有关,

一旦愉悦的印象需要重新定型,
这些紫红的卵形叶会立刻变得像冷静的

烈焰,将灌木的美丽陈列在
时间的捷径上。凉风掠过时,
你甚至能感觉到命运之花
也从它们轻轻的颤晃中得到了某种必要的支撑。

2020 年 10 月 1 日

长春花简史

> 一旦被神灵选中,做着那些梦……
> ——泰德·休斯

小小灌木,枝叶密集到
观赏性植物该有的
样貌,它一样都不缺——
花色美丽,可持续性尤其长到
你甚至想在燕山脚下
给叔本华重新挖一个坑。

旁边的青石上,浅绿的苔藓
刚好凑齐了一个秋天的暗示;
顶生的聚伞花序近乎
一个又一个信心的释放——
不忧郁时光的流逝会夺走

它应得的印象分,不操心世界末日

不焦虑你心中的魔鬼和圣徒
会不会撕裂穿衣镜中那个完美的人形。
其实从深裂的花冠,也能看出
它重视过存在之谜。它没有猜错
你的眼力,你的确曾俯身

细细端详过它的花喉;但它更想
和你的耳朵打赌:静静地开放
意味着它渴望你能听懂
即使全部的时间都背弃了你,
它依然会用它的花心
将你的偏爱涂抹在世界的影子里。

2019年5月25日,2020年10月7日

灯芯草简史

更深刻更持久地为大自然迷人的真相所感动
——约瑟夫·康拉德

簇生的茎秆仿佛是为了

让你可以通过另外一种方式

在亲密的距离内看清

老虎的胡须。断流的河床边缘,

昔日龙鳞披身的河神的骨骼

只剩下晒得发白的石头;

唯有它们蓬勃生长,就好像盲目的野火

急需一批更任性的灯芯

你还会在人生的漫游中偶然听到

它们的吟唱吗?抑或那仅仅是

微风吹拂虚无的神经时,

又一次辨认,将你和这些蔺草一起

牵扯进几匹漂亮的野马是如何失踪在
命运的诡谲中的。也只有它们
会带来这样的触感：用手轻轻一薅，
大地的鬃毛已从你的掌心
摩擦出新的血印。而假如你的痛苦
真的源于缺少神秘的好奇，
它们甚至能治愈你的失眠：方法简单到
只需将它们煎煮在适量的清水中。

2020 年 11 月 7 日

羊齿植物简史

活下来,但拒绝归入
任何意义上的幸存;
来自桫椤的教育,甚至更冷僻——
比原始还绿,意味着
不论我们的旋转
出了什么问题,你身上
始终有一个新鲜的你
比羽状历史记载得更古老。

熟悉的轮廓。至少环境
没怎么变,但气氛却突然灵异得
有点像你必须发誓你记得
你是在哪里握过幸运之手的。
你必须用清晰的记忆澄清一个疑惑:
腰带上绑着滴血的锦鸡的偷猎者

曾用它们的嫩叶擦屁股，
但它们不会记仇。

它们会怀念雨霁的时刻，
并耐心等待新的分类。
与其说你看见过它们，
不如说你发现过它们——
它们是认真的，不会因人的丑陋
而耽搁神秘的祝福。有何世界末日可言？
假如你能确认：这些可爱的蕨类
是可以和心灵直接对话的植物。

2018年9月，2020年1月11日

山桃花简史

即使你已有预感,
即使那预感强烈得好像精神的风暴里
有一只梯子在不停地晃动,
这些山桃花的绽放依然会重新
将世界的突然性带回到你的身边;
绚烂和轮回一起走神,
你的气息悄悄混入它们的自然,
假如我能认出来,历史的盲目
就会卡紧一个角度,那消失
在梦幻和现实之间的距离
会完成一次新的聚焦:每一朵花
都背叛了世俗的火焰,
看上去就像微微抖动的脚尖——
苦寒的软肋,刚刚被踢过,
冬天的忧郁,刚刚被踢过,

人类的小算盘,刚刚被踢过,
存在和虚无,刚刚被踢过,
唯美的小委屈,刚刚被踢过,
如果我没有及时摘下
抒情的面具,下一个被踢到的,
很可能就是我揣在上衣兜里的
一把时间的小折刀。

2020年3月

蔷薇简史

挖坑挖得草率,它们不会介意;
培土培得不够专业,它们也没机会指出;
活儿干完后,主人的感觉
有点像你能从湿透的毛巾里
拧出雨的味道。作为回报,
它们及时地盛开不亚于
对死亡的反复推迟。它们的友谊
很少受到坏天气的影响;
它们的陪伴,像一件不容易看出来的家具。
甚至你顾不上浇水时,它们也不会
将窜访的野猫误认成一个替身。
它们的脾气全都渗透在淡淡的馨香中,
而该坚守的原则,它们也没放弃;
每一个触摸都是有代价的,
它们身上的尖刺只会越来越多;

但不必担心;随着绽放越来越紧凑,
它们身上的那些热情的花骨朵
也会越来越像春天的小眼睛。

2019年4月5日

竹芋简史

刚装修好的房子急需
一个强大的绿肺。俏皮的金边吊兰，
板着脸的芦荟，兴致勃勃的绿萝，
我承认，一个人必须拥有完美的敌意——
比如甲醛刺鼻比徘徊的幽灵
更可恶，才不会挑花眼；
主见当然有，但面子上的事，
哪里斗得过花店大妈身上
活跃着一个巧舌的阿庆嫂——
还没等怎么如簧呢，我的钱包
已像一个小小的金色城堡
陷落在她凌厉的生意经深处。
倒也说不上多么尴尬：不就是
不得不痛快地为了更上档次的
原产自巴西的孔雀竹芋

多付一笔智商税吗？但是很快，
一种久违的感觉便如同
我重新发现了幸福的源头一样
漫溢在一个人对新朋友的欣赏中。
表面上，仿佛是我在
可有很多选择的适养花草中
主动挑中了这茎柄紫红的
有着卵状长叶的常绿草本植物；
转念一想，它的被动中
其实埋伏着更深邃的陪伴——
假如有一种性格可脱胎于
可观的灵性，它就是范本。
我的好奇心几乎被均匀
分布在它叶脉上的小火苗般的
墨绿斑点彻底点燃了。
每一次浇水，都像是从不同的角度
进入它充满异国情调的邀请。
而第一次施肥，怦怦跳竟然细心到
它没准真是孔雀的爱人。

2020 年 1 月 19 日

巴西木简史

一睁眼,碧绿的巴西
正紧贴着它簇生的弓形长叶
展现在你的眼前。甚至黎明的线条,
也因它的波状叶缘而变得分外清晰。
常绿乔木,据说在亚马孙腹地,
它的身高看上去像七米高的巨人;
但为了顾及你没去过里约热内卢,
它宁愿变成安静的小矮人,
将自己缩小在大花盆里
守护着你的生活中不时
冒出的热带潜意识。你不会忽视
它的耐旱性;是的,完全没有
必要争论,人只需尊重
这样的事实;它的光泽
即生活的光泽;它的呼吁里

包含对一个粗线条男人的
细心的改变。先从学会浇水开始，
你必须对得起它的迁徙，对得起它的委屈，
对得起它的暗示；光知道
什么情况下将它浇透，还不够——
给它浇水的同时，你本人
也正被看不见的水浇灌着。
面对面时，光端详，也是不够的；
如果真的存在超越的可能，
你的轮回就会清晰在它的化身中。
你还要懂得在不动声色的战栗中
发明一种亲切，就如同
从观察土壤表层的湿度中
你必须学会判断：你对它的关心
更多的，是出于神秘的天真，
而非建立在它对你的依赖之上。

2020 年 2 月 11 日

杂草人类学简史

疾病的隐喻,但和巴比伦长老
偷窥美丽的苏珊在沐浴无关;
作为现象,仿佛很好理解:
作为动机,连尚存着可塑性的
魔鬼都会觉得有点玩大了。
因人类的原始判断而产生,
因人类的特殊需求而偏执——
譬如,在农耕时代,凡是妨碍
人类土壤施用意图的物种,
都可归入万恶的杂草。再具体点,
漫长的历史中,我的秘密食谱,
野燕麦就曾属于杂草;而铲除的方式
一直牵涉人类的良知如何协调
地方性知识。甚至稍一隐喻,
犹太人也曾是杂草。蹿升的黑烟

也可能来自焚烧杂草；什么时候
提汽化的黑牡丹，才不算过分呢？
回到草有草相，例外状态
放宽了岁月的尺度，却不肯饶过
上了年纪的阿甘本。被剥夺微妙
被铲除：譬如水苋菜，观赏性不错，
但只要长错了地方，就是杂草。

2020 年 3 月 2 日

白鹤芋简史

在狗叫渐渐平息之后
在蝙蝠向穿山甲忏悔之前，
我的感恩对象很狭隘，既不高大，
也不妖冶，更没逆行过：
一株脾气温顺的天南星科植物，
俗称白掌；角落里，安静得
就好像宇宙之花绝不会
难为白鹤的植物化身。
刚开始的时候，一旦忘记
给它浇水，我就会生出
主人的错觉；甚至会陷入内疚，
仿佛由于照顾不周，它遭受了
本可避免的委屈；极端的情况下，
它有可能会死去。虽然我知道，
死亡不可能是任何意义上的委屈——

真要那样的话,地狱之火
会烧穿世界的谎言。仅凭模样,
不难看出,它具有净化空气的
过硬的本领;尤其是
在时间已被毒化的情形下,
高出叶丛的佛焰苞,仿佛从咽拭子那里
找到了变形的灵感,为我
单独检测出精神的阴性。
不浇水的话,它也许会死去——
假如这不是一份短工,而意味着
我必须对它的死亡负有责任,
那么,镜子的深处,我看上去
应该更像一个神秘的受托人。

2020年3月9日

绿萝简史

将枯叶剪除,翻盆时
有些动作看起来就像盗过墓——
如果你否认,纤细的萝茎
会像掌握了你的小辫子似的
缠住你,直到你突然醒悟
原来有微微发霉的草叶
也需要蘸着清水擦拭。粗活结束后,
你从未想过守护神的角色
这么容易就降落在
一个现实中,且和你关系密切;
但是也可能,这只是假象。
将有害气体吸收,将弥漫在
城市时间中的粉尘没收在
一个碧绿的献身中,不仅你
做不到,很多神也做不到,

甚至多少钱也做不到，只有这
也叫魔鬼藤的天南星科草本植物
可以做得既漂亮又安静——
所以，谁是谁的守护神
你千万不能打错主意——
更何况，人生中有许多片刻
更像是它送给你的；譬如，
一抬头，一轮中秋的太阳
仿佛紧握着白云的熨斗
正在将蔚蓝烫得像一件透明的天衣。

2019年9月17日

藏红花简史

诗不是智慧,诗是智慧的搅荡
　　——雅克·德里达

绝美的灵魂不可能
只被误解过一次,我就可以证明;
最初的日子,洞穴里
昏暗的光线源于受热的
琥珀的尖叫。所有的水,
都直接取自源头;烧开后,
浸泡我的液体中漂着
刺鼻的羊油的味道——
我的缄默,有被迫的一面,
但我独占着颜料的核心;
涂抹时,岩石的表面
构成了我的鲜艳的单人牢房,

我褪色，时间也跟着褪色；
假如你能走进那些洞穴中的一个，
我的秘密也是时间的秘密。
我的种子，甚至也是
你的种子。不要被兜售所迷惑，
我的故乡比想象的要远，
远在喜马拉雅山的另一侧；
为了取悦权力，我的美艳
曾被染色在地毯的华丽中，
抬进波斯的皇宫；更早些时候，
释迦牟尼身上深红的长袍
也出自我的风韵，但这些
都无法迷惑我；只有弱者的赞美，
才能激发我的天性：为了神秘地
对付神秘的遭遇，我为你准备了
紧紧依附在黄色花蕊旁的小小的柱头——
天地之间，如果还有菁华
值得一份信任，请将我再次烘干，
将我密封在你的新生中；
或许，还可以再利索一点，

请将我现在就浸泡在可耻的时间中，
直到我们的血流开始加速。

2019 年 9 月 19 日

红玫瑰简史

微妙于意志的颜色,
它是带花瓣的石头,通红到
流经爱神的血液仿佛也
得到过它的点头。你的勇敢
至少接受过它的加冕,否则的话
带不带刺,又有何意义?
你使用过的温度计中,
只有它,曾准确地将你的热情
显示在世界的纯洁中——
其他的时刻,你必须独自粉碎
潜伏在存在之谜中的
古老的敌意。它柔韧于宇宙
存在着毁灭。而它的美丽
包含着它的歉意,正如它的高贵
包含着它的冷酷;它冷酷你

必须学会像对待带刺的植物一样
对付人类的宿命。有点遗憾，
假如你的确不擅长园艺；
但它不会刻意为难你
不曾从扎人的荆棘中将它挑选出来；
表达爱意，只是它以生命本身
为另一种风景的方式；
与更深的渴望相通，将它送出的同时，
另一种生命的暗示仿佛也将你递送到
人必须经得起人生如梦的确很极端。

2019年9月5日

虞美人简史
——仿佩索阿

一抬头,倒立的深渊
已不适合旁观。卡夫卡不喜欢
别人摸他的绳子,佩索阿更愿意
选择很有礼貌地相信
人生的空虚可以训练成
一种得体的机警,就好像
酒里的雨,能将所有的阴影
都冲进灵魂的下水道。

一想到提取物,绚烂就是最好的镇静剂。
难道非要经陌生人指出,
你才看得出来。难道非要借助
美丽的绽放,人和时代的紧张关系
才能缓解在空气的倒立中?
你已活得太久,而生活仿佛

还不曾被深入过。即使这误会
如此恍惚,它们的色彩依然如同

一种静止的魔术:哪里有它们,
哪里就有无数柔滑的小铃铛
需要及时和罂粟区别开来。
必要的旁观,存在之谜中
任何你以为我们已错过的东西,
都被它们热烈地点缀着;
如此,除了你,它们的偶像
似乎再不会有别的投影。

2019年5月11日

黄菖蒲简史

让夏天挺起腰杆的方法中
它的用力始终曼妙于
比花姿更艳黄；眼看就要
把蝴蝶的美丽比下去时，
它的绿叶会在柳阴下随风颤动，
形似出鞘的利剑。因为它，
更多的插曲，散落在岁月的秘密中。
甚至一个静谧，也因它而茂密；
甚至错过它，都已不太可能。
甚至一个主观，凭借它
也找到了新的口径：重要的，
不是可爱的花瓣如何逼真于
人生如梦，而是由于它太生动，
一个绽放就能指定一个角色：
即便进入是缓慢的，有点像

它的芳香曾令历史为难；
而一旦你被它拉向倒影的世界，
你的宿根性也将你暴露在
原来深渊也有好多假象呢。

2019年5月6日

迎春花简史

效果良好,如果你已忘记
谁才是世界的主人——
斜坡之上,它们醒目于一个守时,
低调得犹如你有时也会
不甘心你我只配反动于过客。

花形不大,但花心
却从未输给过世界的野心;
料峭的试探,几乎每年
都会花样翻新,而这些木犀科灌木
只突出一点:比嫩黄

还鲜黄,一直绽放到规模效应
在你的脑海里再容不下
其他的印象:就好像最初的春色

只能由它们来独家报道,
才不辜负山桃花的回头率。

2020 年 3 月 21 日

连翘简史

湖畔的连翘,全然无视
大流行的禁令,依然保持着
心灵的颜色,一直艳黄到像是
突然被揪住了小辫子,世界的空旷
比人间的空虚还盛大。

细长的枝条上,每个空隙
都没有浪费,缀满了密密麻麻的
小黄花瓣;如果现场没被破坏,
每一次,绽放都无限接近解脱,
而代价并非凋谢即死亡。

退一步,十秒钟的间歇真的能成就
一次神秘的沉浸吗?时间太短了,
会不会被走神弄丢生命的原型?

回想起来,年轻时你读不太懂
斯宾诺莎,近乎一种幸福。

2020 年 3 月 23 日

樱花简史

无视人生的羁绊,一旦绽放,
它们的美丽会直率到
你很难不将它们的娇艳
作为衡量时间的一个尺度;

无视存在或虚无在我们的迟疑中
造成的心灵的陡峭,
带我们回到世界的起点,
它们竭尽一个热烈,将生命的幻觉

极端在可观的天真中,
而与之对应的,必须完成的一个领略,
则像是留给我们的任务;
纯粹的印象加深了一个旁观:

此刻，短暂的美比现实
更逼真于命运的回报——
无视站在它们一边，
但我们并不在被无视的那一侧。

绚烂的花影，注定了
一座大海会突然悬置在
早春的低空中；而你的悬念
在喜鹊的叫声中也在渐渐扩大。

将那些花团作为背景时，
三月的风吹蓝了大地的一个纵身，
令翕动的花瓣看上去像反光的波浪
正试图捏住记忆的芬芳。

你的樱花开在你不在的地方，
而它们的锦簇则醒目于一个原则，
因故缺席，并不意味着
你就缺少一个化身。

2020 年 3 月 27 日

樱桃简史

对外表的粗糙的拒绝
令它们的紧迫感不同于菠萝
或榴莲；别的果树仍在留恋
花枝的招摇时，它们已率先结出
小小的果实，晶莹到如果
让挑剔的舌头投票的话，
水晶可不一定都是由石头构成的。
比美味还礼物，但更重要的，
出于自然的道德，它们赞同以貌取果；
不管北方的春寒如何反复，
它们始终用迫切的成熟
将自身的颜色迅速加深到
它们仿佛能感觉到你的心跳；
是的，它们也有自己的心形——
即使你用小刀将它们均分成两瓣，

它们也会将自己的那一半
留给世界的回味;它们的毫不保留
天真于宇宙绝不是一场梦;
如果你打算沿语言的幽径
返回到心灵的操场,它们会带给你
一个自制的小圆球;抛向半空时,
喜鹊的惊飞听上去像加油,
如果你已找到生命之门,
准备温习一下你的脚法,
它们绝对会用小小的果球,
把你变成一个射门的巨人。

2020 年 4 月 7 日

鼠尾草简史

　　……拥有艺术，才不会被真相击垮。
　　——尼采

茎株直立就好像它的花蕾
是一个踮起的脚尖：虽然被裹着，
但向上的力量从未止步于
它的每片苞瓣看上去都很细碎；

于是你想象那样的张望只能存在于
伟大的天真确实有点过分，
并不总是以你我为尺度。
更过分的，风雨过后，

沿年轻的花梗，蓝紫色柔毛密集
一个迷人的走神；没错，

它们是带着这个世界仍然有
巨大的空白需要被及时填补而来的；

没错。一份美丽即一个现场；
尽管轻盈得很随意，但你不可否认
它们的模样很可能经受住了
比我们更大的考验。

2019 年 5 月 23 日

莳萝简史

造物的相似性胜过
已知的任何捷径：转动起来，
语言比最快的轮子还要圆；
安静的例子也很突出，
昏暗中，肋骨和栅栏
相互猛烈暗示，映衬晃动的肉身
像一次神秘的越狱。

不解风情的确有点麻烦，
但迟钝于风味则意味着无药可救。
敢不敢赌，不论一个人出生在哪儿，
植物中，唯有它的种子
味道浓郁得比叶子还辛香。
被否认过多次，可怎么看——
它还是像茴香才不娇气呢。

人生的苦痛有多抽象，
它的样子就有多具体；
恍惚的夜色中，作为对清洗的
一种报答，它用它身上的碧绿
帮我们节约时间；特效出自
体贴才不矛盾我们能在今生
解决多少灵魂的问题呢。

即使用于作料，它的主意
也依然很灵感；敢不敢赌
诗歌的大师也是生活的大师——
将它从冒泡的炖锅里捞出时，
它的变形记甚至胜过了
人的可能的奇遇：譬如，
从一开始，开胃就没服软过开窍。

2019年6月3日

常春藤简史

太多的风声,密集如
它互生的单叶不满足于
仅仅油绿一个自然的道德。

擅长攀援,反弹力甚至更旺盛;
以至于太多的背景,经过它的淘汰
变成了一堵隐藏的墙。

伞状花序,凡阴性藤本植物
能享受到的顶级标配,
它都会给予最出色的示范。

藤蔓的臂力细得惊人,
但总的看来,它的美观扎根于
并不一定每个人都是时间的过客。

好动的静物，它吸引生命的目光
就好像只有通过那样的测试，
我们才会安静于一个人能否配得上

他的影子。入药时，更是毫无保留，
以至于它美丽的阴影中，太多的蚂蚁
看上去像命运弄反了死亡的注脚。

2019 年 6 月 4 日

刺蓟简史

出身于荒地,无视贵贱
在我们的群芳谱中加速堕落;
头状花冠浑圆一个紫红色的可爱,
否则要那多肉的圆锥形的萝卜根做什么!
雷雨过后,它匍匐在蝴蝶的必经之路上,
激进如小蜜蜂害怕我是我的替身。
眼光微妙的话,甚至像奇迹的
一个小小的注脚,也是可能的;
被它扎过,生活的意义才会来自
真正的生活必须矛盾于时间。
历史不会以它为开端,
但确实存在着和它有关的一种开始。
仅凭外观,就觉得它和菊花
有瓜葛的人,我要恭喜你,
我要请你喝用它的嫩叶泡过的酒——

你的直觉也是大地的直觉,
你差不多已猜对了沉默的爱中
为什么会有那多刺,尖锐于
即使将大小分得清清楚楚,
世界依然是盲目的;否则要存在之谜
无视命运的瘙痒,做什么呢!

2019 年 6 月 19 日

满天星简史

你欠我一个解释，
比温柔还玲珑，将每一朵白花
都开得那么细小，
假如我仍不习惯低下头，
如何才能抓住那无瑕的重点？

比深情或洁白还朦胧，
你怎么就那么肯定你中有我
可不必依赖玫瑰红和海棠绿的对比
是否曾强烈到令天使
也想替我们出神。

不只是欠我的，你也欠
漫天的繁星一个解释：
藏得太深的东西，任何陪衬

都是一种浪费；我不在乎主花是否夺目，
我在乎你是我的主场。

2019 年 6 月 9 日，2019 年 10 月

白碧桃简史

春寒的袖子刚一向上翻卷,
它们的蓓蕾便开始
在时间的脉管上
将漫长的北方冬眠粉碎成
娇嫩的花瓣。很眼熟,
从此以后你再也不能声称
你从未看见过宇宙之花。
很轻盈,它们的敏锐
在唤醒的同时也让灵魂之花
感到了莫名的紧张。
最适合的词,或许是明艳——
如此,它们的秘密
甚至已具体到在绽放之前
它们用全身的劲头憋住的那股力量,

尽管还叫不出名字,
却在你身上迅速传染开去。

2019 年 3 月 15 日

荷塘简史

阵雨下过后,硕大的荷叶
轻轻摇曳犹如浮游的白云
下一刻会将它们用作
心灵的托盘;至于线条
劲美的茎秆,它们碧绿的唤醒力
更是从未输给帕斯卡
喜欢弯腰的芦苇。即使你
不在现场,它们也不会错过
夏天的舞蹈。奉献该奉献的,
才没工夫道德靠近岸边的莲蓬
是不是又被人偷偷摘走了
一大把呢。纯粹看苗头的话,
生命也应以纯粹的状态为
美的教训;如果还需要
借助自然,时间不过是

世界的玩具。面对它们时,
最典型的人生场景就是——
寂静是风景,寂静会像你吃掉
那些新鲜的莲子那样吃掉
人身上多余的部分,
然后将瘦下来的你缓缓推向
大地的记忆对死亡的过滤。

2019 年 7 月 15 日

马郁兰简史

缺少乐趣，它听起来就会
有点陌生；但假如见过
穿心莲在初夏的微风中
轻轻触碰可爱的薄荷的样子，
你就不会将它和九层塔弄混。

常见的情形中，它悠闲得就像
精灵们曾用它的紫色花簇试探过
真爱的可能性。除了散发出
淡淡的甜香，它没有别的脾气；
它才不急躁地狱究竟有多么隐喻呢。

当诗人失去光环，窘迫得
如同通灵者在我们的世界陷入
可怕的死胡同，它会柔软如
人的肢体本来就翠绿得

和多毛的茎秆没什么两样；

即使你的心被铁石偷换了
一个概念，它也能迅速
让你完整地松弛成一头大象
正要离开做梦的小水塘。
来自大地的表面，它精通

神经的秘密，犹如无边的黑暗
深谙群星眨眼的含义。
和失眠作斗争时，它要求你
首先在态度上必须很健康——
你得学会把它最嫩的枝叶

像刚从新娘身上摘下的手链一样
放在多汁的红烧肉上。是的，
它不曾误解爱神阿佛洛狄忒的好意；
更特别的，用水煎服，热气散去后，
它平静得就像你刚刚重读过斯威登堡。

2019 年 7 月 19 日

紫金牛简史

小灌木，叶子油绿得像是
你可以把它们收集起来，直接放到
爱人的脑袋下，充当枕头；
只要见过它，你就会忘记世界的羞涩。

因为生长时，喜欢靠近竹子，
所以它的美观，大方到
你必须重新理解对植物来说
旺盛不仅仅是一种精力

造成的印象，更是一种暗示
在你身上不断扩大新的气氛；
除了来自朋友的指点，
你不可能从别的渠道获得它的秘密。

甚至在坡地上认出它,都意味着
你的新生的确不曾辜负身边的友谊;
而一旦爱上它们晶亮的红果,
则意味着,你已经得起最神秘的信任。

2019 年 7 月 27 日

荨麻简史

看在能蜇人的份上,
投它一票吧。为了拯救
你的想象力,它甘愿雌雄同株,
丛生在美丽的山谷里,
为像你这样从小就喜欢
接触大自然的人准备了
特制的蚁酸;但你太骄傲,
以至于不情愿承认世界上
还有比马蜂更能蜇人的小东西——
何况那看不见咬合力
竟然来自草本植物密生的刺毛。
像是被揭了短,人的漂亮的皮肤
就这么沦为被刺激的对象——
  诗,随时都可将黑白圈成镜头;
  往前推移的话,你能看见

在筒子楼昏暗的走廊里，

在虚掩着的房门外，在被亲昵地称为

小野人之前，人的脆弱

借助那一小片凸起的红晕，

像史前记忆的时间炸弹

将你的懂事的年纪提前了——

也不妨说，来自草木的刺痛

是最好的教育：让你知道

艰难的世道中，你能退回到哪里？

以及最伟大的安慰已将动物的本能

升华到了哪一步？没错，

在山上时，如果附近没找到水，

你可以用自己的尿涂抹蜇过的部位——

这样的知识的确有点怪，

仿佛没人教过你，却头一次

让成长的悬念领教了想象的味道。

2019 年 7 月 29 日

独根草简史

罕见的人迹必须
作为一个前提,但这还不是
它全部的任性;虎耳科草本植物,
小小的伞状花序像歧义的
一次根茎粗壮的聚会,且地点
必须选址在悬崖的缝隙间;

最好是开裂的岩石,
那里,每一寸潮湿
都有坚硬的棱角做天然的保障,
它只需专注于它的美丽
出自一种清秀的悬空感。
从孕育到绽放,它顽强于

自然的选择。它的对手

一向都很模糊；如果它不出现，
死亡的对称性就会松弛得一塌糊涂。
而假如你没有在它出现的时候，
出现在它绽放的青石下，
你的意义，也会显得有点可疑。

2019 年 5 月 21 日，2019 年 9 月 27 日

蜜蜂花简史

向阳坡地上,唯有它们
迎着山谷里的风,在给荒野做减法;
唇形科植物,草本你见过
大世面,但只钟情于
轮回最没误解生命的安慰。

天空蓝得如同一脚刹车
踩进了深渊;不跟着自转一下,
怎么会内疚到:遥远至少意味着
身边的安静可用于打磨
一把比清醒更锋利的

类似削皮刀的,纯私人器具——
标志就是,猛一抬头,
太阳如同一只巨大的蜜蜂

爱上了同样盛大的蓝色花朵。
想猜中谁是受益人的话,只需大声重复

兰波的叫喊:我是一个他者。
更深的回音中:信任是神秘的,
假如最深的信任必须来自
最陌生的你曾独自在荒野中
停留过四十八小时。

2019 年 9 月 29 日

凤仙花简史

籽荚的可食性并不是
只有将它撒入冒泡的肉汁时
才称得上很地道。试一试，
又不会让宇宙的下巴掉下来——
更何况它的成熟的脆弱
不同于爱人们有时会因绝望，
向世界之窗狠狠投掷盲目的石头。
作为一个对象，的确很偏僻，
包括很难解释那无声的裂痕
有点抽象，却并不害怕
花神偶尔也会弄错秩序，
将它直接混入生命的秘密。
退一步，美好的事物之间
每个相似的一面或许都不乏有点性感；
对它而言，成熟的同时也是

悬念的开始：哪怕是轻轻地一触，
都会引起最激烈的反应：
那些黑亮的种籽会在你的掌心
将美的子弹的数目
数得清清楚楚，一点也不含糊。
我当然知道它还叫指甲花，
就如同我记得在南方的深山中，
我只是将它的花瓣搓了那么几下，
一条金环蛇便像中了魔法似的，
僵硬在内心的自然中。

2019 年 10 月 19 日

羊蹄甲简史

你出现，它也会出现——
就好像灌木的惯性
从来就不怕被几个天才宠坏；
细长的花柱看上去
简直就像是在好奇你身上
也长着足以和它媲美的
绝不含糊的相似之物。
你朝它走去，它也会朝你走来——
不需要任何特别的假设，
那散发的好闻的气息
就可以归入一种新颖的步伐。
无可救药的偏爱如何用于
纯粹的自省？抑或，人的偏爱
一旦卷入性感，命运的磨损
又能好意思到哪里去呢？

你会为它重新分配你的时间吗?
你将它看成一种标志,
它就再也不会在意世界上
还可能有别的更美观的记号。
兜了一大圈之后,它反而看起来
更像是一个原点。这么容易就出汗,
你一点也不像没放过羊的牧羊人。
好在,默契能纠正时间的轨迹
早已沦陷在命运的诡计中;
你守时,它只会比你更守时;
且相逢之时,它不会冲着你抱怨——
昨天下冰雹的时候,一条狗
都比你经受住了更多的考验。

2019年7月7日,2019年11月17日

雪莲简史

一次抵达。纯粹的幻象
震撼了生命的记忆。
非常寒冷中的非常美丽,
除了你,没有更现成的道具。

如此雪白,还能算是人的旅途吗?
怎么走,都像是朝天空的方向迈开双腿;
悬空感令空气紧张,唯有你
沉静得像随时都在自愈。

既然领教过静物也能完胜真实,
就别害怕唐古拉山上的积雪
近得好像只要你吹一口气,
世界就会用一场风暴淘汰灵魂的迟钝。

2019年11月19日

仙客来简史

刺激性气体,天才也会陷入头晕
或暧昧于萨特的恶心。而狗的敏感
则会因为依恋而变得更在意
你对它的反应会不会过度。

鼻子伸向微毒的根茎,
就好像你的身边,有股味道——
别人怎么解释都没有用,
只能由狗来提醒你。

如果你粗心,忙得连
和命运打招呼的时间都没有,
又怎么可能留意到狗的小动作中
包含着想象力的反常。

除非你和人类的幸运玩真的——
这原产自地中海的草本植物
才会受到同样的刺激，也开始展露
一种迷人的倔强：花有没有灵魂

难道会比经历过多次变异后
它的花瓣是否还长得像兔子的耳朵
更重要？如果你答对了，它的绿叶吸入了
那么多二氧化硫，才算没白费劲。

2019年11月25日

金莲花简史

甘甜的味道中夹杂着
一丝生动的微辛,如果是黑熊
第一次喝到它,反应肯定会更大。
这里面泡的,究竟是
什么东西?从汤色看,
像是没怎么加工过。揪一小把,
拿到手掌上仔细辨认时,
哪里还有一丁点金莲花的样子?
枯黄得简直和杂草没什么两样。
算你蒙对了。它的确也叫金梅草。
所以,第一次,你见到的
并不是真花。像大多数人一样,
你见到的只是它的一种效果:
深度参与到人类的礼遇中——
作为珍藏过的好东西,

散发着热气，招待远方来的宾客。
直到第九次，你才敢肯定
你见到了它的真容；山风中的
旱地莲，花色醒目到仿佛真的
有一双神奇的佛脚正踩在
它金黄的花瓣上。没看出来的话，
你也会有收获的；你不可能
对它大胆的主张熟视无睹——
从那么丑陋的淤泥中竟然
能长出那么凛然的美丽；
甚至你的错觉都是有根据——
与其说它是为你而生的，
不如说它是为你而来的：
为报答你，在这晦暗的尘世中
并未错过它奇异的卑微。

2016年8月21日，2019年12月9日

猫爪草简史

偏僻的,不只是周围的环境。

常见的说法是,小时候它很常见;
有那么多剪影等着打红勾,
一锄头下去,它已归入杂草。

如此,它要求偏僻甚于要求人的怜悯。

粗心的悖论中,偏僻构成了
它的生存之道。而它履行的,更像是
一种被私下要求过的美的义务。

但实际上,没有人有义务将你带到那么远的地方。

如此,抵达之前最好绷紧一个悬念;

而你必须足够幸运，幸运到与幸运无关，
才能进入它的毛茛族视线。

时间的墙根下，它只剩下自在之物很低调。

纺锤形茎块的顶部藏着
一个小小的猫爪，你细数着
成为它的对象的可能性还剩下几个。

最大的障碍，不是我们和草本植物之间的区别有多大。

在它的柔弱中感到黑熊沉重的身影，
抑或在它的顽强中感到蝴蝶飘忽的魅影；
哪一个，更像把斧子砍向宿命？

2019 年 12 月 3 日

窄门开花,或迷迭香简史

肉身和精魂需要偶尔分离一下
但无法分离的时候,
可以把它的香气使劲吹进
你身边那些看不见的时间的缝隙。

袅娜到这一步,其实也才
算刚刚入门。世界太麻木,
定力不够的话,缥缈就会欺负缭绕,
用飘忽的云雾架空人生的虚无。

发疯前最后残留的一点理智
让奥菲利亚挥舞着手臂,
将新采的迷迭香花瓣撒向
那个丹麦王子,还不说明问题吗。

一个请求,伴随比蝴蝶的翅膀
还要美丽的扇动,经过它的传递
已精确得像呼吸涌入肺腑——
如果不能因爱而名,命运还有何意义?

或许最纯粹的你,才是它
想下功夫的那个对象:任何时候,
爱的记忆都胜过死亡的阴影
对生命的污染,但是否走运也很关键。

稍有偏差的话,受刺激的神经
便会堕落成一阵午夜的尖叫。
将它插入马头琴,你的惆怅
会突然变得比万古愁还要嶙岣。

　　　　——赠高春林

2018 年 7 月,2019 年 12 月 11 日

酢浆草简史

体态更大的幸运之花
可以有很多,但能算得上
幸运草的,仿佛只有这酸咪咪的
叶柄细长的宿根植物。

熟悉它的秘密的人
好像都养过一条大黑狗;
为了给人的轮回一点颜色,
它不停地绽放色彩各异的小花。

你偏爱紫心色,也难不住它;
它会像变魔术一样勾勒你的期盼;
它对你的爱,多于你对它的爱,
这一切,尤其发生在你进入

生命的觉悟之前。没错，外表
看着像花，常常会和三叶草弄混；
离它越近，它就越像一扇
为你单独打开的窄门。

它有自己的道德：即使你
以体验效果的名义，试探过钩钩草，
它也不会反过来试探你；
它顶多只会在夏季休眠一阵子。

需要的话，它会把酸浆草的故事
悄悄借给你：被捣碎，或者搅成汁——
像这样进入你的生活，就好像
别的隐私，都已经不起神圣的曝光。

2018年9月25日，2019年12月21日

人在科尔沁草原，或胡枝子入门

十年前，它叫过随军茶；
几只滩羊做过示范后，
你随即将它的嫩叶放进
干燥的口腔中，用舌根翻弄
它的苦香。有点冒失，
但诸如此类的试探
也可能把你从生活的边缘
拽回到宇宙的起点。
没错，它甚至连替代品都算不上，
但它并不担心它的美丽
会在你广博的见识中
被小小的粗心所吞没。
它自信你不同于其他的过客——
你会从它的朴素和忍耐中
找到别样的线索。四年前，

贺兰山下，它也叫过鹿鸡花；
不起眼的蜜源植物，它殷勤你
在蜜蜂和黑熊之间做过
正确的美学选择。如今，
辨认的场景换成科尔沁草原，
但那秘密的选择还在延续——
在珠日和辽阔的黎明中，
你为它弯过一次腰；
在大青沟清幽的溪流边，
你为它弯过两次腰；
在双合尔山洒满余晖的半坡，
你为它弯过三次腰，
在苍狼峰瑰美的黄昏里，
你为它弯过四次腰；
表面上，它用它的矮小，
降低了你的高度；
但更有可能，每一次弯下身，
都意味着你在它的高度上
重新看清了我是谁。

2018年9月2日

郁金香入门

战争期间,鳞茎球根
经简单腌制,成为救命的食物。
这侧影曾颠倒过饥饿的黑白;
但最终,艰难锻炼了记忆,
就好像最新的心理研究表明
令死神分神的有效方法是,
花神也曾迷惑于我们
为什么会如此依赖历史。
啊,百合家族的暧昧的荣耀。

人真的遭遇过人的难题吗——
假如站在它们面前,天使的数量
不曾多到足以令魔鬼盲目。
更古老的传闻中,原产地
醒目在天山。那里,牧草肥美,

巍峨的积雪至少曾让人类的愚蠢
获得了一个鲜明的对比。
同样的天气条件下,它们的美
比我们的真理更幸运。

我们的分类顶多是很少出错:
花是花的情绪,花也是花的意志;
花是花的气候,花也是花的秘密;
花是花的阳台,花也是花的雕塑。
有时,我能非常清醒感到
我们的见证因它们而确定无疑。
有时我又会觉得,它们的花容
如此出色,我们的见证
甚至不配做它们的肥料。

　　　　——For Silvia Marijnissen

2017 年 6 月 15 日

绚烂入门

来自连翘的,仿佛可以稀释
最深的绝望。丛生的花序
紧贴躁动的大地,殷勤推送
艳黄的心声。小喇叭开始广播了,
前提是此时的无声犹如
一个突然朝你张开的拥抱。
来自樱花的,仅仅持续三日。
凡错过的,弥补也会显得神秘;
前提是凡随懊悔而高蹈的,
必败于虚无的离奇。
来自碧桃的,通俗于
生活是生活脱下的衣服。
只要是从你手中递过来的,
不用试,就很合身。
来自海棠的,粉中透白,

怎么观摩,都比锦绣还纯粹——
醒目如我们从不知道
我们从前有一个绰号叫"盲人"。

2017 年 3 月 31 日

燕园荷塘入门

全部的荷叶都沤在
发黑的池水中；波光之上，
每一根茎秆都暴露在

丑陋的折断中；但倒影里
时光的低语绝不少于
相爱的喜鹊会偶尔飞过。

所以我说，这败落的景象
经不起比临床更现场，
一旦你的伤感足够紧凑，

我就会觉悟到连蚂蚁都知道
如何勤奋于真实的谎言，
绝不会冒充它仅仅是一个过客。

2018 年 10 月 23 日

冬天的连翘入门

如果不是拴有小标识牌,
上面的字迹写得清清楚楚,
你很难将这些枝条零乱的落叶灌木
与春天妖娆的连翘联系在一起。

季节的变化在它们身上造成的
外观反差太大,如同大自然
对绝对的记忆中绝对的美
动用了一种私刑,连喜鹊都劝不住。

而它们经受严酷考验的方式更绝:
失去了娇艳的花瓣之后,
它们仿佛也失去了对历史舞台的兴趣;
干枯的棕褐色正好用来加深

一种北方的性格,它们从枝条上
抹去时间的痕迹,抹去过客暧昧的眼神,
抹去死亡的暗示,直至你的同情心
突然发芽,悄悄卷入它们的轮回。

2018 年 12 月 27 日

以深秋的连翘为例入门

与附近的火炬树不同,
从未等到过霜红,叶子紫得
好像你差一点就误会了
紫罗兰的偏方,假如你见识过
深秋的连翘,以及它们的凋零
作为一种生存的面目
和早春时节它们的绚烂
形成的巨大的反差,你会惊讶
你爱过的人从未在你身上
看到过相似的对比吗?
凡称得上美丽的,必精通轮回
对大地的催眠。你从未目睹过精灵,
这不是你的错。这顶多是
运气问题。要么就是,
凡能和过去或自身的深渊

形成新的反差的,命运,
我们刚刚反复谈到的命运,
说到底,不过是时间的瑕疵。

2017 年 10 月 24 日

凌霄花入门

僻静的土墙，风蚀的假山，
废弃的支架，很快就会在遮蔽中
感觉到来自那些藤蔓的
绵密的拥抱让它们获得了
新的身体性。积极于攀援，
生机才会勃勃于我们的道德
应该以它的顽强为对象，
而不是相反。就如同归宿
偶尔也能美化一下万有引力，
相互依存始于那些碧青的叶子
像一件绿毯，将雨的冲刷
减弱为滴漏很晶莹。轮到它出场
来鉴别本地的空气质量
是否和举过火把的艾青沾边时，
不以形状取胜，怎么对得起

小喇叭像颜色鲜艳的红鼻子,

一直嗅到虚无不好意思为止。

2018 年 5 月 29 日金华

蜀葵入门

心形叶宽厚得可用来解释
兔子为什么会不吃窝边草，
憨直的茎秆则如你小时候
在收割后的麦地里练习过
童年的标枪；擦去汗珠的同时，
蒴果黑亮犹如好花的种子
天生就知道如何在大地的黑暗中
找到黑暗的安慰，而不是
一味把生命的渴念简单甩给
道德的专断。偏爱阳光的注射，
紫红的花瓣妖娆于有一个凡·高
还活在他画过的向日葵里；
大约有二十年的光景，它一直
以秫秸花的大名赢得了
野孩子的初心。它能从早春二月

开到老虎的秋天,花期漫长得
就好像命运的轻浮中只有它
才能及时止住体内的毒火。
至于观赏性,一旦你睁开的双眼
不止于只是从人生如梦中醒来;
它的怒放会把你列入它的秘密疗效,
就像《花镜》里记载过的那样。

2018年6月3日

二月蓝和二月兰的区别入门

问题大了。上班的路上
假如天空已弯成怀抱,
而碧蓝却失手,没能接住
我和悠悠之间的抛物线。

终于暴露了;但前提是
你的身边,喜鹊的鸣叫
能延长那条越来越细的线;
且至少有三只喜鹊的小脑袋

看上去像可爱的线头。
真的很抱歉。生命的投影中
蓝,更像是一种遭遇。
假如天空没有蓝得这么过分,

蓝，就不可能变成我的
一个私人问题。我遭遇蓝，
像你的秘密遭遇种子；又像心灵
最终安静于一道遥远的犁痕。

2017 年 2 月 24 日

野姜花入门

美仑溪畔,世界的颜色
因它将白蝴蝶催眠成
战栗的底牌,我们身上的空白
又多出了一种可观的客观。
低调,却拒绝人的借鉴,
因为很快,鲜明的肉感
就比最冷静的静物
更擅长将你牢牢钉在
陌生的原地上。从不暗香,
就好像仅凭清香,它就能将你引荐给
伟大的嗅觉。一旦提炼,
更积极的挥发就会到来;
你不可能毫无反应。
和涂了精油的新人会合时,
它是地道的野菜,将野人的口感

慢慢磨碎在你的舌苔深处。
盛开在早秋,只要和人有关,
就没有它无法缓解的压力——
你要做的,就是在它面前
及时准备好一壶烧开的清水。

　　——赠陈义芝

2016 年 11 月 14 日

注:美仑溪位于台湾花莲县境内。

紫菀入门

密林的深处,你的告别
对它毫无触动。它更在意
牦牛的粪便落下来时
千万可别像盲目的陨石。

它梦见枇杷叶的次数
远远多于感觉到你的次数。
从神仙池归来,它甚至渴望
在沸水中翻滚的桔梗

能把偏方的颜色一直加深到
几只蜜蜂完全忘记了
它们曾用它头上的紫红花心

增进过一种尖锐的技艺。

2016 年 11 月 6 日

注：神仙池，位于四川省九寨沟县大录乡。

黄刺玫入门

向阳坡上，细长的枝条钓向
你的心池，我敢打赌
它的面积甚至不小于
我们见过的任何一座天池。

黄花如钩，没看出来的话，
心声里想必有条鱼，借口蜜蜂的爱
太像一种频繁的试探，
而将尖刺密布在天赋周围。

但只要涉及解脱，它们的花心就密集
而醒目，一直繁荣到假如我不曾
矛盾于我们曾多么以貌取人，
我就不可能认出来自蝴蝶的友谊。

2016年5月5日

琼花的逻辑入门

那并非是你和我之间的
必经之路。春天的风景
与四季的假象纠缠在一起，
难解难分。除非我从一开始
就不害怕更大的麻烦，
声称此处已是人类的尽头。

绕开你，也已不太可能。
凭彼此的适应性去适应这世界，
早已沦为一个可怖的谜团。
我走过的路即我扎下的根；
但我并不确定，我的成长
将会如何重叠于人之树。

相比之下，我羡慕你

不必用狐疑的眼光去打量
我们的生命之花就赢得
神秘的信任。你偏爱素白，
以醒目的美为存在的自觉。
小毒中含着微妙，可令子宫活跃。

此外除了开放，将壮观的花序
平静辐射到记忆的深处，
你似乎再无其他的东西
可以教给我。而假如我
没猜错，这相遇本身
就已构成一种命运的修剪。

2016 年 4 月 21 日

醉蝶花入门

秋天已就位。撒开并抛出去的东西
随你叫它什么,但唯独不能叫网。
假如它有一个名字
比时间的正确还可爱,
诗人莫非的反应最快。
记住,事情到了这一步,
碰巧很关键。通往水边的坡路
碾磨着绿荫中的光阴。
山风稀释着雀叫,涌向
我们不可能比蝴蝶还失败。
如果你已习惯秘密驾驶,
十月甚至能偏僻到灵活如手闸。
放心吧。这半分钟的清醒,
绝不会另外造成一道宇宙的划痕。
即便你误会了存在的真相,

它依然会径自开窍于顾名思义——
就好像在世界的这一边,
唯有成群的燕山能减弱一点人生的深浅。

2015 年 10 月 8 日

红蓼入门

想知道它们和乔松的关系,
你得去认识湿地植物中
谁长得最像游龙。形状关乎性情,
这里面的政治,也不是闹着玩的。
更何况,水性还有好多意思呢——
包括男人始终不曾称职于
男人在原始洞穴中感觉到的
古老的恐惧。我记得你断言过,
最高的智慧曾深受这些恐惧的启示。
但表面上,简直看不出来。
它们粗壮的茎秆笔直,高达两米,
不逊于凡·高爱过的向日葵;
穗状的花序,醒目于你仿佛见过
奔跑中的犀牛的生殖器。
但这里是亚洲,北纬 41 度,

我觉得，我能贡献的最好的东西
就是我们来自漩涡。但这是什么意思？
植物手册上说，它们的花期
在六月和九月间；但现在是十月，
它们的花姿却依然浓郁，俨然像在回放
比基尼沙滩上的天使变形记。
请允许我重申一下这幕场景——
玉渡山下，我们是它们的例外，
它们也是我们的例外。但毕竟，
它们在我们的等待中等到了
它们的真相。所以我猜，
你不介意它们叫狗尾巴花的话，
它们也不完全是我们的例外。

2015 年 10 月 9 日

注：1. 红蓼，又名游龙，狗尾巴花。一年生草本植物。

    2. 玉渡山，位于延庆县城西北，属燕山余脉军都山脉的一部分。

紫罗兰入门

不论你如何迟钝于
生活的借口,出现在我们眼前的
花花草草,都会引诱你
把目光投向宇宙的主人。
比如,好奇的目光投向
横断山的杜鹃时,主人的面目
如同漂浮在酒中的倒影。
确实有点不好把握,但你还不至于
不给起舞的清影一点面子吧。
还有一次,沉思的目光投向
长白山的波斯菊时,主人并未想到
我们有可能会误会自然。
幸运往往只存在于对幸运而言。
而此时,阿巴拉契亚山中的深雪
安静如一件巨大的陈列品。

神秘的对应中,你的身边
就有一个迹象;我的意思是,
你不会介意紫罗兰很像
一个标签吧。静静的窗台上,
它以花盆为短裙,以玻璃为南墙,
用手指将冬日的阳光慢慢搋进
自己的身体,直到我们
能确认它已浑身发紫。
如此暗示,难道还不够显眼——
就好像主人不在时,它负责
在无边的寂寞中,将我们的目光
再一次引向秘密的结局。

2016年2月24日

爬山虎入门

散漫在热烈的草叶
或偏远的记忆中的
时间的秘密，使它们看上去
一会儿像秋天的礼物，
一会儿像大自然的祭品。
它们的愉悦是季节性的，
比过时不候，还善于玩味
人的颓败，或世界的另一面。
盘山路上，被凿过的岩石
如同被击打过的面具，
那发出的邀请也很垂直——
请试用一下燕山。
而它们的响应居然比自由还亢奋。
最突出的，它们的展现
始终多于它们的隐藏；

如果你的天真,曾用于说服
人生如梦,它们近乎一个事实——
比红色的火焰更接近于
我们曾在陌生中被抚摸过。

2015 年 10 月 11 日

木槿花入门

因为有些生命的绚丽
我们原以为只有天使才能见证,
所以你惊异于你从未在别处看到过
开得如此缓慢的鸡肉花。

2017 年 6 月 27 日

马兰花入门

无人区里的密丛草本，
以沙尘暴为洗礼，但开出的
紫蓝花朵却像蝴蝶同情
你害怕孤身一人去勘测
干燥的戈壁里的神迹。
就生长习性而言，它的自由是
绝不承认莽莽荒漠只是
死神的舞台。假如这情景
确实有点难以想象，你不妨
先用两块西瓜疏通一下
喉咙深处的生命的弹簧；
然后越看它越像一张绿脸
被无数针形长叶撕成了
蓬松的竹节草。根系发达，
入药的程度更全面到

浑身都是宝。适应性极强,
你抵达过的最恶劣的环境里,
也会有它的身影,但它不会
产生你会产生的垃圾。
用于驱虫时,你甚至发现
原来给世界解毒的方法
可以多到用它的根须做扫帚,
魔鬼也会长久地跪在地上:
像刚脱过胎似的,默默搂住
领头绵羊的脖子。

——赠西凉

2018 年 7 月 15 日

龙船花入门

为了加深你对南方的烈日
应有的印象,它将茜草科植物的花色
丰富到天使也想偷看一本禁书;
甚至因为艳丽居然能密集到
不再是一种代价,魔鬼也在琢磨
它的根茎可能会对胃痛
有特殊的疗效。它要求照射
它的阳光必须充足到
它已答应将它的名字
从水绣球改成仙丹花。
它保持株形美观的秘诀是
它能更道德地看待杂交现象;
如此,花叶的相互映衬
在它身上完美得好像
只要有人在你耳边大喊一声

请用睁大的眼睛重新呼吸一下
这个世界吧,死去的亲人也能猜到
你再次找回自我的同时
一只蝴蝶正从容地飞落在
你晒黑的手背上。细看的话,
它的四片花瓣恰好完成了
一个精巧的小十字,所以
绳索砍断时,要么是待嫁的新娘
端坐在逐浪的花床中央,
要么是混杂在艾草和菖蒲之间,
它的驱魔术已死死咬住颠晃的船头。

——赠向卫国

2018年8月8日

山丹丹入门

用惯了幌子,漂亮的因果论
试图从它身上找到一个突破口:
高原上的燥土有多黄,
它就有多朱红;但假如自然的
本性更接近一个细节——
它的绽放无异于对我们
把报应作为正义的捷径的
那种情形说不。它更愿客观于
世界的妖娆其实是有分寸的。
长卵形鳞茎,发达的蜜腺,
六片花被将吉祥的数字
重温在野生的榜样中;
甚至它有意下垂的花朵
也是为了更好地掩护小蜜蜂
专注于采集它的花粉。

说到遭遇，只有在动身寻找
源头的力量时，你才能体会到
它为什么要开得如此性感。
作为一种诱惑，它站在源头一边，
作为一种美丽，它站在孤独一边，
作为一种启示，它站在化身一边，
作为一种真容，它站在自我一边，
作为一种陪伴，它站在像你这样的人
已没机会错过你的前世一边。
越是走进它，越会感受到
一种陌生的相认，甚至我们经验到的
每一个生命的幻觉都是有深意的：
比如，你想活动一下手脚的话，
它的舞台也是我们的舞台。

2018年8月7日

芦苇的舞蹈入门

浑身已枯黄,如果你
敢辨认的话,长长的尖叶上
还蒙着隔世的尘埃;唯有韧性
果断于任性,不肯屈就
死亡的暗示。至于深冬时节,

人性能否从它们的舞蹈中
获得一点启发,就要看
喜鹊报幕时,北风卖不卖力了。
更有可能,你称之为舞蹈的那种情形,
对赤颈鹈鹕而言,不过是

一阵单纯的晃动;而假如
把鹈鹕和天使对调一下,
进入眼帘的,最多也只是

一种对象并不明确的
自然的倾倒而已。

——赠宋宁刚

2017 年 12 月 28 日

白莲入门

梦之舟已准备好,
但你害怕划着划着,原本只是
暂时替代击水的木桨的
手臂会无法再变回来。
源于它的诱惑始终是出色的,
但你不想因为对梦的使用不当
毁掉你的自主权。毕竟,"现实的崇高"
就像从牙缝里啐出罂粟壳的
柯勒律治说到的,同你如何引导自我有关。
你不一定非得湿身才能触摸到
它的美。雌雄同花,完全到你
有点疑惑人身上到底有没有
类似的花蕾:既然观看它的自在时,
你的安静一点不逊色于
它的安静。你更愿意漫步到

它的跟前,用新的目光撕掉它身上
时间的封条;你必须习惯于和它告别,
就好像将它的风姿留在夏天的池塘里
既是命运的安排,也是你修剪
人的秘密的一种方法。

2014 年 7 月。

芍药入门

表面看去,在你和刺猬之间
放上一颗樱桃,比在你和世界之间
插入一朵芍药,做起来
要简单。即便如此,
不理解我们的神秘的人
还是会认为你在芍药的旁边
夸大了天堂的遥远。
毕竟,樱桃已付过钱,
而刺猬意味着我们的现实
有一个可爱的死角;
相对而言,芍药的来源要暧昧一些。
从早上起,风大得就好像
碧蓝也会秃顶。看不见的银币,
看样子全都花对了地方——
哗哗作响的白杨叶听上去

就好像一个人用时间很紧来脱俗,
也是可行的。比如,芍药
就是一个比牡丹更大的缝隙。
嘿,你难道没听养蜂人说过
小蜜蜂已把我们落下九万里了吗。

2015 年 5 月 19 日

比水仙更对象入门

和它有关的出发点
至少是随和的,从现实中发出
一个小小的邀请:伞状花序,
涉及情感的秘密时,请自备绵绵细雨。
它的芳香只负责男人
有时比女人还容易走神。
作为一个例子,纳喀索斯
纠正起来并不难;但如果
把阴影和命运弄混了,
就没有人能指出:在时光的流逝中,
凡在人生的自觉中称得上
是虚度的,都实属极其幸运。
多么隐蔽的传递,它身上的花影
甚至经波斯人之手
也依然带有意大利的味道。

美丽的支持只能来自
底部有时就是内部,沉浸中
它的卵状球形几乎从未辜负过
一个伟大的谦卑。即使出于
生活的节奏:我们有时会发狠
"让神话见鬼去吧",它的腋芽发育
也不会受到丝毫影响。
它是情绪的产物,但它更守时;
它更愿意从时间的美德中
找到一个位置,把生命的开放
献给时光对它的期待。

2018 年 2 月 20 日

蝙蝠花入门

深山中的机缘足够久远,
比巧合的巧合更深入一个漩涡。
静止的,是个人的记忆对破碎的时光
下达的耳语如秘密口令。
人的背影,其实是人的花纹。
很多人一辈子都没见过蝙蝠花。
是啊,海明威将真正的美人
比作挺拔的山峰,仿佛是要减弱
神秘的恐惧中几个美丽的错误。
但是,你不仅见过蝙蝠花,
而且还知道它叫魔鬼花。
其实,花下的情形,不论如何诡异,
始终在恭维我们的现实:
人被称之为人,绝对是一个误会;

正如有些情形下，人，仅仅被看成魔鬼，
其实是，更大的误会。

2015 年 6 月 15 日

紫鸢尾入门

已消失的爱人克服了

死亡的错觉,从它们伸向

时间之谜的,小小的蓝梯子

爬上来,冲我们招手。

就没想过,虚无也会心虚。

就没心虚过花容里

会有这样的天真:假如一切

终将随风而去,而它们

只剩下它们身上的这幽蓝

完美得就像刚刚跨越了

我们的深渊的,一个小小的拥抱。

它们蓝得别有深意,但它们

并不想为难你,因为这深意

主要取决于你如何倾听——

记忆的链条,在高大的白杨树下,

正犹如醒来的蓝金属一样哗哗作响。

2015 年 5 月 7 日

水竹芋入门

终点之花,意思是,
假如你善于体谅天堂的难处,
以及人心的加速,它就负责
我们曾在湖边提到的那个终点
是否看上去僻静而漂亮。
一圈问下来,它陌生如它的名字
最开始听上去叫"水煮鱼"。
原产墨西哥,但为了方便萤火虫见世面,
它横渡太平洋,历尽
不为人知的挫折;扎根秀
总能在敏感于终点的人身上
兑现部分秘密的启示。世界的疲倦
在淡淡的南方雾霾中勾勒出
它笔挺的紫色背影。和我们不同,
它不需要冲着矛盾的现实变魔术;

此外,即使你变的魔术不够成功,
它也仍渴望邀请你继续修剪
我们对世界的短暂的好感。

2015 年 4 月 23 日

杜甫的玫瑰入门

既然是替自然出头,就不一定
只有大浪,才能淘沙。
更何况玫瑰不仅仅看上去很美,
玫瑰真正的用途在于
它能帮我们节约大量时间;
如此,金子完全可以有另外的来源。
假如杜甫活着,新诗
和古诗的区别,不会大于
早市上草莓和菠萝的区别。
才不和你赌气呢。信不信,
十根韭菜就能让这首诗下个鸡蛋。
小是小了点,但也轮不着野鸽子犯浑;
最起码,它对得起生活的意义中
始终有虚构的那一面。

2015年3月24日

连翘入门

旁边的迎春花
可不止一簇。你不可将我认错。
你不可偏爱棣棠的企图。
你不可误解我的烂漫
微妙于大地的天真。
如果这是呼吁,那么呐喊已被偏听。
你不可再将我的嫩黄与别的金黄
混淆为人生的疏忽。
最要紧的,你不可将我用一对蝴蝶
击败了世界的主人
解释成:现场已被破坏。

2015 年 3 月 25 日

龙舌兰入门

以金字塔为邻,听任沙漠
为自己筛选出带刺的
营养惊人的玩伴,以及风景里
假如缺少完美的天敌
仙人掌的阴影会显得多么无聊。
不存偏见的话,只有拿着镰刀
收割过人生的风暴的
女人的浑圆的胳膊,能和它修长的
滚粗的叶瓣相媲美。在四周,
由它发动的寂静回荡成年后
我们心中曾有过的,最壮丽的忍耐。
据说,它的锥状花序高达八米,
像温柔的长矛,足以将我们身上
多余的赘肉,满是皱纹的慵懒
叉向天堂里海拔最低的火炉。

它的浆汁堪比毒蛇的唾液，
但蒸馏后，作为一种神秘的恢复，
赞美比恐惧更原始。如此，
它远离我们的真相，也远离
我们的谎言，甚至也远离我们的世界
正堕落为一种可怕的祭品。
而一旦刻骨的分寸进入默契，
它从你身上提取的纯度
足以将宇宙的幻觉燃烧一千遍。

2015年12月7日

千屈菜丛书

天杀的,植物的一面
兜底人的另一面。它的,长长的圆花柱
是你的回报。但你其实没干什么。
任何地方,只要烟雨稍微开阔一点,
它的等待就比你的等待
面积要大,但直到梭罗
在用它做拌料的稀粥里认出了
烫人的戈多,你还是不习惯
它曾委身于江湖深处的马鞭草。
假如不叫它对叶莲,爱尔兰人
会以为它比迷途的孩子
还孤独。典型的湿地植物,
入药后,永生的理想
显形于它精通我们的经络,

且从未出卖我们和自然之间的

任何一个幻象。没错。它还会悄悄降压。

2006 年 7 月

美人蕉丛书

花姿一贯娇艳,尤其是
清亮的露水浸润花萼时,
它这样纠正你我的目光——
太纯洁了,就不可能太深邃;
太正确了,就不可能太天真;
太极端了,就不可能太诱惑;
如果见过暴雨后依旧挺拔的
小芭蕉,如果你不想纠结于美人
怎么能比得过它的真容,你就恨不得
踢那个没把名字起对的家伙的屁股。
尤其是,从烟波浩渺中收回
远眺的目光时,有它在眼前
安静地轻颤,绝对是一种幸运。
相比之下,另一种幸运则显得偏僻:

你误解过这世界,而它没有眼睛,仿佛很盲目,可它却从未误解过你。

2006 年 7 月,2007 年 6 月

雏菊丛书

重逢之际,装饰性
会很快在这些紫苑族的烂漫中
消退殆尽;可观的纯洁
已反映在它们的容颜中,但暗恋者
却没有一次能正确地把握到
它们所代表的东西。如果我被允许说出
一个真相,我才不绕圈子呢——
花头即佛头,才不管大小
合不合窘窄的比例呢;
如此,洁白的小花瓣就层叠在
一个紧密的依偎中,向你示范
精灵们是如何巧妙隐身
在我们周围的。多年之后,
我终于想起,我这辈子见过的
最美的雏菊并不是由恋人们精心浇灌的;

它们属于胡同拐角一位收破烂的老太太，
在高高堆起的脏兮兮的回收物中，
她养护的雏菊美丽惹眼，
像一首首无声的圣歌；看上去
与她的身份严重不符，却构成了
卑微的生活中最深奥的秘密。

2007 年 6 月，2010 年 7 月

波斯菊丛书

三轮摩托碾过早晨,
路标附近,漂亮的树梢
仍睡在早晨的寂静里。
永定河流淌,但它的波浪仍在睡觉,
喜鹊串叫,但它的叫声仍在睡觉,
香椿依然碧绿,但它的名字
仍在弯腰的秋风中昏睡;
弥漫的山雾,正慢慢给本地的风景解套,
但露出的山峰仍在
酷似牛头的剪影里酣睡;
用最清醒的语言说,你
从未在别的地方见过
这山雾就如同一个枕头
正从时间的脖子底下被缓缓抽出。
受此情形启发,命运也很像一个枕头。

意思就是，与我们的想当然不同，
很多真理其实都是睡出来的。
真抱歉。这首诗原本是冲着醒目的秋樱去的，
但好像在格桑花的睡眠中跑题了。

2014 年 9 月

鸡冠花丛书

它没有兄弟,虽然在旁边
马鞭草伸出的手
已能稳稳接住大雁的雄心。

外形如此美艳,比我们中的任何人
都更接近完美的拒绝中的
完美的挽留,以至于秋天的猛烈

反而看上去像时间的嫉妒。
它的肉全都露在外面,
但你不太相信。你渴望探索

内部的美。而它坚持除了你
已看到的外表,它没有别的内部,
它没有你能进入的秘密。

你最好站在飘香的桂花树下,
就那么站着;它的请求带着血色——
尊重它,就请永远待在它的外面。

2014 年 9 月

薰衣草丛书

久仰花名,第一次见面,
我猜你会这么说的。
我没有嗅觉,但我像我的另一个名字一样
知道如何沁入每个人的脾胃。
而你会假装空气不是艺术,
空气里不可能有芳香的艺术——
无论我给空气带去的是什么,
它都不会超出一种味道。
你不想在我面前表现得过于特殊,
你就像一个经历太多的男人
已不在乎错过任何机遇。
但假如我无关机遇,仅仅是由于
我的芳香能适应各种皮肤
而成为自我的植物呢?我猜你
对人的一生中那些无形的伤口

终会因我的渗透而渐渐愈合
深感兴趣。我的芳香既是我的语言，
也是你的语言，所以我有义务配合你——
直到蓝色花序从颖长的秀美中憋出
最后一片淡紫色。从那一刻起，
我就开始像偏方一样思考我的治疗对象。
需要服务的神已经够多，
但我会把你往前面排；你看上去就像
一个即将消失在空衣柜里的
有趣的新物种。换句话说，一件熏过的衣服
就可能把你套回到真相中。而我从不畏惧
任何封闭的黑暗。我的芳香就是我的智慧，
经过循环，你也许会记住这一点。
我确实缓解过许多疼痛，但你不会知道
你的入迷也帮我恢复了更神奇的效果。

2011年9月

尼罗河白莲丛书

最初,你叫不出它们的名字。
但是,第一眼,这些犹如伸出的蓝色拳头的非洲白莲
便在你的心里获得了一个位置。
一个位置,就像章鱼的吸盘一样有力,
许多生活的意义不停地向它游去。
被吸进去,被那些仿佛与我们的消化器官很相像的
内在构造奇妙成一叠记忆的小夹子。
再夹紧些,就好像这是把事情清理干净的第一步。
以前没怎么用过,不是你的错。
它们夹住的东西或许可叫做宇宙的彩色活页。
没想象得那么重,很好翻;
也很好玩,有点像重温白日梦的隐喻史。
稍一摇曳,就是虚无已死。
我们的身体其实和这些石蒜科植物一样,
并不讨厌朴素的逻辑。变种有很多,动不动,就绰约。

突出的特点是,绿叶的形状像裸体的剑。
是的,任何时候,不要轻易就说我们一无所有。
沿着它们的秘密旅途,从未得到过的奖赏
开始有了新的原型。很多时候,性无疑比爱更美妙,
但赢得我们的心灵的,是孤独的爱。

2005 年 7 月

女郎花丛书

光看这名字,就知道
世界已被诱惑。而我们混迹其中。
脸刚刮过,皮鞋也刚擦过。
头发梳得像是刚中过
闪电的彩票。衣服休闲得就像
云的真理正在度蜜月。
光看这形象,就知道世界
并未因我们而失去它的借口。
而有些借口,其实就是裂缝——
一个裂缝之后是另一个,
它们撕开了僵硬的表面,以及
比表面还表面的傲慢与偏见。
光看这鲜艳的姿态,就知道
它是从裂缝中长出来的,
而且,它穿越了不止一个裂缝。

它身上的黄，和最野的波斯菊有一拼。

它身上的黄，甚至令黄金感叹

你曾有过又失去的天赋。

但它不和你赌气，它和你赌

你对孤独发过的誓言。

它知道，假如离开此时此地，

它还会有其他的名字。所以，它养成了

这样的习性：用它身上特殊的异味

忠于你对你自己的最深的记忆。

2011 年 10 月

丁香丛书

丁香新发的芽
像一个钩子,试图钩住
空气的袖子。你的正常反应
几乎可以忽略不计。
这么小,这么新颖,
和往年没什么不同;以至于你担心
时间之花在我们有限的生命里
已搜集不到足够的线索。
我呢,我只想放松警惕——
在丁香发芽的时候
正确于不是我们有慷慨的道德
而是我们有足够道德的谨慎。
我竖起了你的耳朵,
你睁开了陌生人的眼睛。
天使才不在乎魔鬼聪不聪明呢。

天使必须有魔鬼没有的东西。
你说你没见过发芽的天使,
我也不打算纠正你。我假定你
现在正看着发芽的丁香,
像看着发芽的时间。
最后,请在这里签名——
发芽的时间也许无法改变
命运的乖戾,却能酝酿新的嗅觉。

2007 年 5 月

万寿菊协会

为美丽而生,金黄的头状花序
像一次尽情的释放,
将无数可爱的小舌头
倒贴在无名的悬念中。

命运的安排,只能信一半;
春秋的大意里,只有将
长椭圆的叶形进一步分裂成
劲道十足的羽状,才会助长

姿态蜕变为资格。不领悟的话,
不妨善意地看待一下
灵魂和芙蓉之间可能的距离:
像是猜对过蝴蝶的脾气,

它们鲜艳的胸脯骄傲得就像
宇宙的黑暗中不乏
命运的例外：在它们身上
美丽的静物始终多于娇娆的植物。

那怎么可能只是一个任务？
颤动的花蕊深处，蜜蜂忙碌得
像一个豹纹钻头，身份却含混于
既是粗暴的侵入者也是殷勤的小天使。

2001年9月，2004年10月

马樱丹协会

小小的点缀来自

它既是如意草,也叫五色梅;

混迹在路边的灌木中,

就好像藤状的清秀

依然值得一个好奇。

无需追忆,南方的深意

已分布在它的分布中;

而你必须蹲下,才能看清

它的小花球像一个信念

活泼在自然的礼貌中;

你必须蹲下,才能感觉到

世界的高低已在它鲜艳的花色中

发生了微妙的变化;

你必须蹲下,它才会判断

你还需不需要解毒；

你必须蹲下，它才会帮你止痒。

2003 年 10 月

吊兰协会

丛生的绿叶细长得就像
有一只落单的仙鹤
为躲避历史之恶
钻了泥土却并未死去；

比兰草更容易辨认，甚至绿蜘蛛
在它身上也找到过变形的自我；
叶脉上，那金色条纹还试图
将阳光的手艺向你郑重展示；

但前提是严格的，你必须虚心接受：
花的器官也是花的秘语；
更严厉的考验还会出现在
你刚刚给它浇过淘米水之后；

气息的相同果然很神秘，它并不希望
将你卷入一种无爱的劳役；
它不需要主人，它只需要感受到
你的友谊像开窗后涌入的空气。

以前被问及吊兰最大的特点时
你会犹豫，而现在脑海里会立刻浮现
叶芝在谈到诗最大的特点时
用到的那个字眼：智慧。

2001年5月，2003年7月

大丽花协会

美丽到这一步,
它甚至不再需要你的奇迹
来促成这新的认知
只能用在它身上:醒目的妖娆
构成了它的纯洁。
人要做到这一步的话,
保守估计,至少也得十万年。
仅此一列,菊花和牡丹的重瓣
加起来也没有它的重瓣
多得像可手指触摸的
新鲜的岩浆。试图独占
它的花容的女人,最后都变成了
苍白的疯子。围绕它的感激
始终是激烈的,甚至命运女神
有时都想折断一根树枝

做拐杖。就说说你吧。
在它美丽的矛盾中你的真相
是否够用?你的胳膊上
如果没有和魔鬼搏斗时
留下的抓痕,请不要
把它放进送人的篮子里。

2002年10月,2003年5月

悬铃花协会

孤立的看法并不
全都是负面的;悬铃花
就很适合单独的检阅;
非常秘密的任务不一定
非得由风暴来布置;
轻风徐徐也可以婉转气氛
已有点诡异;从它的花苞
一直向下悬垂,几乎从不展开,
就不难判断:心灵之战
实际上早已开始。
迷宫中的将军也许另有
漂亮的替身,但怎么看,
它都是你的士兵,出身于
常绿灌木,花性强健;
任何时候,如果你需要

一个完美的隐蔽,它都会
将你的行迹完全掩盖在
一个平静的假象中。
你的罪与罚,最好烂在肚子里;
如果你依然想不明白
人的背后会有什么,
等那两只蜜蜂飞走,
你不妨看看悬铃花的背后
究竟隐藏过什么。

2002 年 11 月,2003 年 5 月

紫花地丁协会

见过它们并不意味着
你曾认真地看待过它们；
惊蛰后的北方，春寒尚未完全褪尽，
而它们可爱的身影
已开始随处可见：紧贴着
解冻的泥土，没错，
基生叶里也可爆发出
一个陌生的自信；它们用美丽的幽蓝
将十字花科的集体主义
定格在早春的背景中。
如果花喉可以被温柔地想象，
它们的姿态已接近于自发的
春天大合唱；但有过很长一段时间，
要将倾注在玫瑰或百合上的情感，
再分一些出来，投放在它们身上，

实在太难了：那几乎意味着
一个人必须有足够的勇气
将他的爱打回原形。

2001年4月，2003年5月

蓝盆花协会

大爆炸之后,一个微微
发蓝的盆状物终于在它身上
完成了一次变形,并加速演化为
它对世界的一种回报,
但你并不知情。你的无知
是神秘的,虽然对人类而言,
那简直就是丑闻;而它的神秘
美丽地散漫在它的习性中,
是你的无知的一部分。
你有一颗紫蓝的头颅,轻如
微风中的花心,这似乎超出了
你的想象,也震惊了
我们对雌雄同体的直观;
但是没关系,它会替你长出来——
在足够安静足够僻远的地方,

即使那里的水土贫瘠得
像诡异的命运出现了一场腐败，
它依然会将你的头颅
绽放成骄傲的花心。
你身上的所有弯曲，被迫的，
或是天生的，都会被它用坚挺的草茎
重新弄得直直的。甚至
你在来世里也不太可能
涉足的地方，它也会去替你现身，
就好像那是一种注定的填补。

2004年8月

一串红丛书

很快,推土机和铲车
像轮番冲锋一样
产生的轰鸣,便淹没了
人群的叫喊;偶尔也能听到

狗的吼叫夹杂在
人的叫喊中。而房屋倒塌时,
拆迁费是如何被清点的,
则微弱得像白天的蛐蛐。

如果缺乏敏感,历史的画面
会由另外的场景构成;
如果缺乏同情,构成
真相的画面往往已模糊不堪;

将近有一年的时间,

为了走捷径,我常常穿越
那片已拆毁的房屋;
一开始,它看上去很像废墟;

但随着季节变换,它越看越像
资金链有点紧张的电影
外景地;残酷来自时间的暗示,
而起伏的噪音里已不再有

人的叫喊和狗的狂吠;
直到有一天,在断墙下,
几株一串红并未因照料过
它们的主人被迫匆匆离去

而停止它们美丽的绽放,
我才若有所思,仿佛终于明白了
为什么克尔凯郭尔会坚持说
诗人必须成为例外。

2001年5月,2007年4月

槭叶铁线莲协会

不常见,珍稀到早春里
就有一个深远,散发着淡淡馨香,
却几乎无人光顾。也难怪,
众多的春花中,唯有留给它的时间
是一座刚刚解冻的崖壁。

很少会选择在坡地或河滩扎根,
一半是仁慈,一半是暗示,
直到你同意,和我们有关的天意
的确因它而变得具体;带着霜露,
它的每个花瓣都击退过一大片寒流。

西山以西,即使你身边带着一条狗,
它的美丽也会清晰地提醒你
拒绝驯化是它希望你

能从它纯粹的野生状态中
看清楚的一种底线。

2004 年 3 月

海棠协会

不必否认，你有过
比它们更鲜艳的邻居……

带雨的梨花就很会弄湿一个故事，
即使黯然的神伤令人难堪，
但加码之后，苦肉计会加速
人生如痴人说梦。甚至如果撑开的伞
能兜住一小片朦胧的真相，
美丽的樱桃花才不在乎
小小花簇造成过多少时光的脱节呢。
但是，最重要的，难道不是
我们终将学会把独立的身心
托付给仿佛只有美
从未误解过我们最深的天性吗——
并不普遍，但据大自然的统计，

散发着清香的循环
又没落下过我们中的任何一个。

不必否认,正因为你很少涉足它们的取舍,
所以,它们的浮力反而比记忆盛大。

2005 年 4 月

矢车菊协会

长路漫漫，而它们
经过丛植的自然洗礼，坚信你
会像飞过紫燕那样，凭借有力的脚步
也能抵达它们的出生地；

通往它们的道路未必都和朝圣有关，
但你绝对可以做得比那些欢叫的燕子还好——
你会俯下身，像一个业余园丁那样
突然有了内在的突破感；

你的整个身子都弯曲得好像
你的头颅是一个我们从未见过的
思想的果实；你正用专注的眼神
放大它们的伞房花序，直到小蜜蜂的

芭蕾舞把你围入一个虚心；
没错，世界的辽阔会因它们的圆锥花序
而有所收敛：它们株型飘逸，一直养眼到
你从此对花心有了另外的想法。

2004 年 7 月

骆驼草协会

你像我,就像神似
毫不顾忌带刺的耳语。
沙漠像你的封条,
撕开之后,它也是诗歌的封条。

你像我,就好像表面看去
你和我毫无共同之处。
我的影子甚至都比你高。要么就是你低于
我还有个我没有被认出。

你像我,就像我们的沙漠里
有宇宙浩瀚的走神。
只有走神,你才会先于我
认出我身上的骆驼。

一匹诗歌的骆驼正走向一个假球。
只有走神,你身上的那些针刺
才会刺到神秘的疼痛。
就让那些偏僻的甜,为我们决定一次胜负吧。

2003 年 8 月

牵牛花协会

对天使讲的话,魔鬼已提前听懂。
但你却怎么也听不懂
魔鬼已提前听懂是神马意思。
不是有牛吗?没错,魔鬼借斧子去了。
据说,它的花神呼应的是
每个人身上都有一只小喇叭。
嘀嘀嗒。嘀嘀嗒。铃儿响叮当。
没错,要听到那声音,你得对传神保持特殊的兴趣。
意思就是,坚韧在自由的谦逊中,
但散漫起来却很深奥。
对牛弹过的琴,将会有新的用途——
它会被肢解,价值倾斜到架子,
然后组合成黎明的一排新邻居——
它们会在太阳下一直展示篱笆的耐心。
因为有最完美的疏密,所以,

它们不在乎你会选择绳子

还是线索。绳子在爱情中有大用处，

别看它很细，别看它长短不齐，

它的柔软却能帮天使去掉他身上的肥。

2005 年 4 月

金色的秘密丛书

低头时，我只看见这菊花，
金色向导，小小的手臂曲张着，像软体动物的触须。
粗心看，才貌合成艳黄的花瓣。

而我现在，心细得就像一根断弦。
养得这么好，一定懂政治，
于是，植物的礼貌就有了宇宙的深意。

一抬头，我瞥见了给它浇水的人。
她不是园丁，不过看起来她有更好的方法，
知道如何把水浇到点子上。

稍一比较，多数人的背后都有无数的秘密。

而她的秘密不在她身后，在我和菊花之间，
没错，她的秘密永远在她的前面。

2006 年 8 月

绣球花丛书

我测试我的轮回时,这六月的花
是一道题。以前,我只是听说过
有的填空题出得很活,比灵活还飘,
但从没想到,这竟然是真的。

许多空白,像挖过的坑,
等待着被填满。而代表着空白的
那些横线看上去很单薄,
其实却结实得像硬木做的床板。

怎么填,表面上都限制得很死,
但其实也可以很活。我是我的空白,
这算是一种填法。我从不是我的空白,
这又是一种填法。

我说过那些空白很像挖好的坑，
而那些横线像床板，但真的躺下去后，
感觉完全不同。你会觉得这些花
丰满得就如同生活的乳房。

躺在第一个空白里时，我觉得人不会
随着尸体腐烂而消失。那些撒过的鲜花，
至少改变过记忆。躺进第二个空白时，
在坑里的感觉很逼真，但更逼真的是，

人，其实从未真正进入过他的尸体。
与此相似，人其实也很少走进他的生活。
大部分生活中，人很少会从里面向外转身，
因而不会觉得它们像不像生活的乳房有多么重要。

2006 年 7 月，2013 年 5 月

铁线莲学会

当火车隆隆驶过,
黑暗并不隔音;那么用力
掷出的爱的骰子,
在陌生的夜空中
却混入了闪烁的群星;

人的失望能启发
人的最好的辨认。从眺望
到端详,距离的组织
甚至能沿内心的花纹
重现宇宙的萼片。

铁轨两旁,它的故事
也开始为你留出
一个缺口;按下手印,

就可以通过。而一旦跨域
人和毛茛科植物的道德底线,

它就会像一片人生的空白
欢迎你重新加入
孤独的探寻者行列,
直至这世界到底有没有真相
成为一种纯粹的乐趣。

而夜色朦胧也正适合于轻敌。
缓慢的光亮在它身上
构成了一种照耀,如果你因背叛
而跌进谷底,它的白花
刚好可像扣子一样将你扣得紧紧的。

1998年7月,1999年5月

骆驼刺丛书

它有蚕豆的脾气，
茫茫戈壁里没有其他的节日，
于是，它将体形大于它百倍的骆驼抛向天空。
炎热的空气以为接住的
又是一个关于迷路的动物寓言；
一松手，原来是我们的替身
想偷偷地再喝一口骆驼奶。
你必须警告他，如同警告你身上的
一头渐渐长大的猛兽。
再这么喝下去，烟幕弹里
就全剩下原奶的味道了。
你应该学会像成年的骆驼那样品尝
刺上的糖粒，然后顺着构造独特的蜜腺
找到一个无私的理由；
但那还不是它全部的积蓄。

它还隐瞒了一个更尖锐的理由，
它从未因生存环境的恶劣
而阻止人们叫它希望草。

2005 年 8 月

向荷塘致敬

留给蝴蝶的时间

轻薄你不在左边,就在右边。

接着,留给蜻蜓的时间

又把你从树阴下

猛地扔进阳光的靶场。

进入盛夏,平原犹如

一记无声的耳光。

是的,像这样的小荷塘

从前,比现在要多得多。

缓缓的坡岸边,就因为

这几只蝴蝶看上去

不同于其他的放牧,

我知道,最深刻的记忆依赖于

风还会把半人高的青草

再次吹低到你的腰部——

此时，天堂很柔软，
甚至连大地也没有一句废话。

2014 年 8 月 3 日

文竹

给想象力浇点水,
渗透之后,你会发现
无名的喜悦一直
在我们身边默默寻找
它的化身。从母亲喜爱的
小植物身上,儿子将追踪到
一幅被历史的阴影
揉皱在角落里的精神肖像;
背景不断变换,清秀的气质
安静于人生的沉浮中
不乏傲骨的剪影;浇水
不能太多,从这样的叮嘱里,
你知道,每一种照料,
不光是冲着花草去的,
也涉及亲爱的神性。

而它的观赏性只会源于
你身上必须有可供它
攀援的支撑点；只需综合
一种人的目光，它就会引你
走进宇宙的另一个缩影；
是的，你没有看错：
有一团碧绿到轻盈的云烟
在它身上不断升起又落下；
而它只在你最顺气的时候，
才看上去既像黄山上的迎客松，
又像洞庭湖畔的湘妃竹。

1999年6月，2001年9月

玫瑰刺丛书

和人类相处久了,你会不习惯
这些尖锐的刺;小小的突兀感
不起眼,却异常生硬;
而你的温柔,无论怎样出色于
你本质上是个爱劳动的男人,
对它们而言都只是某一类鲁莽;
发作时,它们脾气大得
仿佛我们不是那个神
按神的模样将我们塑造出来的;
据说里尔克就是因为
摘玫瑰花时,太陶醉于
迷人的香气,而被它们刺破手指,
引发了白血病,造成了
不可弥补的诗歌的损失。
所以你心有余悸不是毫无理由的;
轻轻触碰之后,你总想着

用剪刀将它们从坚韧的花枝上
一个个剔除，就好像它们妨碍了
我们安全而亲密地占有
那些娇艳的花朵。所幸
玫瑰和草鱼之间的逻辑关系
还不算太强，否则剪除
这些锐刺，带着嫌恶的表情
或是被罚劳役的感觉，将它们当作异物
丢进垃圾桶，和掏出鱼腹中的
腥味刺鼻的内脏再扔掉
又有何不同？如果这些尖刺
不曾和谐于花朵的美丽，
你身上的刺，又算什么呢？
如果你最终仍没有习惯
美和刺至少在花如玫瑰
这样的肉身上是不可分裂的，
你又怎么能觉察到这首诗中
带刺的小东西已将你刺入
语言的黑暗中究竟有多深呢？

2005年6月，2007年4月

甘菊颂

象鼻形山坡,阳光
在午后的寂静中慢慢抽象
自然的正义。岩石深睡,白菊放哨,
纤细的腰肢,舞动多于晃动——
令春风迟疑于一切苦痛
仿佛都可在风中获得新颖的裁决。
痕迹不激烈的话,那地方
还能被称为心灵的现场吗?
开始时,你是唯一的观看者。
绝对的见证把你带向
绝对的天启。百灵鸟的叫声
这么好听,一定还有
其他的原因。瞧,伴舞的小蜜蜂
很快就卷进来,把甜蜜的舞蹈
叠加在菊花的舞蹈之上。

寂静给忘我加分，波动美妙抖动。
凭经验，在绽放的菊花旁
静观了这么久，等待本身
就已经是了不起的成就。
下山时，落日辉煌一个崭新的记忆，
人影并未增多，而你
已不再是唯一的观看者。

1999年5月

野玫瑰

野地更像圣地,突出我
昨天不像野人,
今天更不会把美丽的野性
戒成一阵好痒痒。

重新排序的话,野鸽子
刚刚在野猫的猛扑中
温习过好惊险。值得一提的
野事中,野狗从未舔过野心。

最后,还是野味战胜了时间的秘密;
一阵清香俘虏了野蛮,
将我们身上的刺交还给了
最偏僻的野玫瑰。

1995年6月,1998年7月

白玫瑰

一朵白玫瑰就能遮住
你留下的空白。它发挥作用的同时,
我仿佛也把握到了自我的潜力。

比娇艳更美丽,它集中了
静物的力量,在疯狂和治愈之间
投出了纯洁的一票。

心灵的微妙缺乏线索的话,
不妨揉一揉眼圈:它的每一片花瓣
都像舌尖刚刚舔过的嘴唇。

围绕着它的记忆几乎
从不会出错,人的悔恨
不过是它的一种特殊的肥料。

看它身上粗暴的断痕就知道
因为美，它被出售，而命运
并不允诺只有一个真相；

但它选择了爱的原谅：
它的气息比洁白更纯粹，
除非魔鬼对爱神也动过手脚。

1997 年 9 月

红玫瑰

街上,初秋的阵雨
冲洗着一桩旧事;侧耳时
声势近乎浩大,但效果并未
显著到:当事人,请起立。

即使偶尔有点走神,
我也没有忽略这样的细节——
类似的泡沫频频泛起,
但并不长久。

我在屋檐下躲雨,嘴角叼着
本该戒掉的烟;
檐溜渐渐变成水柱时
我开始向后退,不小心碰翻了

花架边插满玫瑰的
塑料桶。发生了这样的事,
一个人最好用金钱
及时表达额外的歉意。

多年过去,我仍记得
一枝红玫瑰的价格
远远已高于马路对面的书店里
康德的两本《判断力批判》。

我承认,在那一刻
我懊恼得有点像一头困兽;
因为这比较太明显,
也太尖锐,完全构成了

对我的平衡能力的一种挑战;
但很快,我就意识到
带着新鲜的重瓣,它美丽的容颜
正确地暗示了一件事情。

1997年9月,1998年2月

蓝玫瑰

万里晴空撑开
一个记忆。鸽子的飞翔
纠正过种子的方向；
你经过我的门洞，
豹身多于半狮，攀上
玫瑰的塔尖。

浑身扎满刻苦的刺
令你的专注有别于
天使可以不是我，但必须明确：
这么多刺，至少意味着
我绝不只是
仅仅忍受过爱的痛苦。

甚至难忘都可能只是借口，

靛蓝的漩涡静止在

它的重瓣上：美妙的相看

主体性是否合身？可以再商量；

但首先必须让晶莹的

露水赢得应有的尊重。

1997年10月，1998年11月

繁花

美丽到绚烂,常常勾起我怀疑
我们对表面和内在的区分
是否足够合理。

表面上,繁花非常外在,
并不在乎真正的美丽
注定会非常短暂;

但很可能正是由于短暂,
每多看一眼繁花,便意味着
内心的渴求获得了一次绽放。

其次,触点必须毫不含糊,
必须选在这样的时刻:料峭的春寒
构成了它们的前提。

如果我负责排序,梨花永远会第一;
山桃花当然也不错,但这更像是
另一个前提:你已同意

我的排序;并赞成
这难道还需要磋商吗:
在繁花面前,战栗是最好的共鸣。

需要补充的话,其实还有
一件事也很严肃:仅次于如果你那时
曾是繁花,我便是你唯一的前提。

1994 年 4 月,1997 年 4 月,1998 年 9 月

百合花

十次路过花店,你会有一次
走进去,从里面带走
一束刚刚开苞的百合;
五十次路过花店,你会有四次
走进去,从里面带出
一束凝着露珠的百合;
你的举止并无特异之处,
最多也就是像一头熊
在冬眠之前反复勘察
那被选中的地方是否有
陌生的痕迹出现过。一个花店
就是一座洞穴。你无须给出
特别的解释,但假如
你不理解这比喻的暗示性,
说明你还从未像一头游荡的野兽

自荒野返回到你的身体里。
一百次路过花店,你会有二十一次
走进去,从里面带走
一束百合。单身汉的小秘密,
将花茎修剪后,插入啤酒瓶,
如此简单的仪式之后,
一束美丽的百合就很适合送给
约瑟夫·康拉德的小说中的女人。
基于同样的理由,亨利·詹姆斯
在金碗中描绘过的女人
也配得上它们。一千次路过花店,
你会有九十九次走进去;
平均下来,你徜徉在花店里的时光
已严重超时;而在领略过
郁金香的风姿和玫瑰的深意后,
你仍会选择从里面只带走
一束百合。一种偏好,
一种令象征性都感到费解的固执;
但如果弗洛伊德活着,
那也许意味着一次放生,

一次非凡的解救；意味着虽然
类比很成问题，但看起来，
终于有东西不是凭侥幸
而是经由你的双手，从它们
含混的存在中独立出来，
走向生命的独唱。

1995年5月，1998年9月

垂丝海棠

有时,我仿佛面对过整个宇宙。
有时,即使面对整个宇宙
也不如面对一株安静的海棠。
有时,我仿佛可以像面对一株海棠那样
面对盛开的你。

从你开始,所有的记忆
随着天色的变化,只剩下我的呼吸。
因此我得出了一个结论,
芳香是最后的治疗;
即便这意味着,我已失去机会。

假如芳香不可以信赖,
那不过是,从我开始,所有的呼吸
到最后,都变成了比燃烧的青草

更猛烈的记忆。有时,孤独仅仅意味着
你曾胜任过一个人的春天。

1995 年 4 月

爱情植物

不像。不像。但露水的拇指
的确正向下按着
我绿色的胸脯。我的背部
是几只蝴蝶的菜园。

鸟鸣传来,那清脆的发条
把更多的青草唤醒,
并磨成我们只能认出
却不知道如何使用的针。

枝杈间,黝黑的巢
像一个已经消失了的理想国
留下的皇冠。生机啊,
你注定没有别的替身。

石头的啤酒肚上

黑蚂蚁的松紧带正提着

阴影的衬裙。我也学会了

如何把我的手绢递给风。

阳光的小刻刀

继续着月光没有完成的工作,

在我舒展的身上文着

稍稍带点色情的图案。

而晚些时辰,两只蜻蜓

将它们的项链放在

我的小行军床上。它们在飞行中

做我们想做而无法做到的事情。

夏天最小的屏风

究竟在哪里呢?我听见

两个在美术馆里约会的人这样问。

我不认为他们是见过我后才这样说的。

我仰面躺着,像一个被拧下的瓶盖,
而瓶子里的药片已被吃光。
我也可以更简单:自始至终
我是你身上的叶子。

1999年5月

草
——为清平而作

帽子上俏皮的饰物
占卜命运时一本正经的道具
总之,你样样都行
像流沙下的针,细细地挺起
不管被放逐到何处,都能自在地
适应生活触须的挑战
像发亮的惊叹号

那里:勇敢地倾斜着的屋面上
风雨阳光和云影
悄悄地把你拴在寂寞的时光里
我跪下来,一只手的指头
搭在另一只手的腕子上
用这黑暗中的
一根血脉,向你致意

我身体里的一片未开垦的
土地上,希腊精神的芳草萋萋
而在屋檐下,说话声掀颤瓦片
我们此刻的目光也明亮如水
并一直没有偏离缓缓飘移的那片云
观望的时间越长
对那丧失的飞翔本能的回忆就越清晰

那片云浑身长满深褐色的羊毛
这一点,不难指出或是想象
一只巨大的动物?但此时
除了我,还有谁肯这么想
也许有人更愿想到鹰,凶猛迅疾
带着宗教的速度,使人敬畏
不过我完全有理由喜爱此时云的思想

在我的头顶上,那片云将太阳
遮没了整整七个小时
这期间,我没吃过任何东西
它像是被一根线牵着,阳光穿过它

变得像水透过提起来的布那样

滴滴嗒嗒的：不是在下雨

但我把这作为雨声听了很久

1988 年，1993 年

卷二

天物之歌，或红梨简史

　　……听从良知的召唤，成为你自己。
　　　　——尼采

反差这么大，如果冥想
不是出于孤独的觉悟，
从糙硬的果肉，一个人很难反推出
那些沾着雨露的嫩白的小花
曾是它们的前身。而你的命运
难道仅限于你是一个人？

别的辨认都太麻烦，太依赖运气，
即使狂风吹断树枝的同时
骤雨已将你认出，它们也不见得
就能判断：你是如何有别于
其他的收获者的？除非你有绝活，

能像这些沙梨一样，给自由落体套上

一层紧身的红袍，并用自身的粉碎
将死亡或结局区分得像一次清算。
否则，它们只会盲目于
它们有可能不曾错过世界的真理。
它们经历过最甜美的成熟，
一直保持着得体的悬空感；

喜悦之后，带着鸟类的啄痕，
它们会腐烂、会坠落，或因我们
靠得太近，太浪费，而变成味道刺鼻的
垃圾。而它们的风味很少会出错，
正如它们在你的牙齿上尝试过
一件事情，你必须成为你自己。

此外，要送给你的东西很多，
全都经过了分类；却没有一样是遗物；
如此，它们不在乎你的完美是否逼真，
不在乎世界的缺陷还能否弥补；

它们在乎的是,你是否没看错——
每一次,它们都是理由充分的礼物。

  ——赠哨兵

2020 年 7 月 11 日

石榴简史

爱的果实从来就不缺
神秘的例子：从不同的方向，
美和丑有时会共用同一张
摸上去如此粗糙的表皮——
阴冷的风吹，暴雨的捶打，
以及险恶，被一次次阻隔在外部；

作为回报，美丽的收获
必须聚拢足够多的晶莹的籽粒，
像一次幸福的拥抱那样
准时发生在内部。即使腐烂
不可避免，它也不会轻易就屈从
死亡的安排。那些盛开过的

色彩艳丽的钟状红花

会变身为一个速算女神，
将所有吃掉的籽粒，悉数数进
命运的味觉中。鸟吞下的籽粒，
从未数错过，野猪和刺猬
吃下的籽粒，也都清晰在案；

只有你吃掉的籽粒，从金沙江畔
到燕山脚下，数目存疑；
怎么数，人世的叵测都如同
一笔烂账；唯有起点即终点
听起来像是存在着另一种回报：
因你的灵魂不只属于你而更加神秘。

2019年9月27日，2020年8月21日

银杏的左边简史

它如果不是一株女贞,
就永远不会有人猜中它。
没有人规定银杏的旁边,种什么树
更符合风景的口味;附近
曾经毁于大火的花园
令灰烬像忧郁症的偏方。
至于高低之间,谁更需要陪衬,
神圣的理由早已小得像蜗牛的口型
对不上黑缘红瓢虫的口号。
而如果到了第九轮,你依然只能猜到
它不是山楂就是海棠,说明这游戏
已经在我们的变形记中退化成
从鞋里倒出来的水。照一照吧,
即便紧张的预感中,可能的自省
只会来自泼溅的浑浊。

或者退一步：这么好的润滑剂，
而且来自天上，仅仅把它看成
一场雨，不觉得眼光短浅吗？
给注目礼重新选择一个小秘密，
是个不错的想法。接着，
窸窣之间，比天籁更清晰的，
你真的会用它来放大一个心裁吗？
寂静之舞。树叶的绿手腕
多到春风只剩下一口气。
咔嚓，但不是断裂。如果你
还是无法确定这是不是
一首合格的赞美诗，那么刚从树枝上
跳下来的，我又是谁呢？

2020 年 5 月 10 日

枇杷男孩简史

和世界的迷宫唱对台戏
唱久了,你会在夜深时梦见
密集在树枝上的金丸
让时间的胃部透明在
稀薄的空气中。

诸神渴了,所以杯子
必须大小合适。太大的话,
琵琶会失声。轮到凭神似就能刷新
最深的寂寞时,你要摆脱梦游症的侵蚀,
将人生的恍惚端成一只盘子。

它们的数量再次验证了
金黄的必要性,就如同
多孔的星星,将古老的召唤

闪烁在一个孤独中——
那里，你既是中心，又是边缘，

将生命的安静制作成
思念之光，返还给
摊开的手掌。一块刚刚掷出的石头，
令你小于我，却大于时间；
何谓永生？不就是巨大的悲伤

令生死之间再也容不下
插手的缝隙吗？如此，广大的黑暗
像发黑的盐一样，将你腌制
在我的叫喊中；而那份酸甜，
就像刚刚从我鼻尖上剥开的一层皮。

2020 年 6 月 9 日

丝棉木简史
——仿王维

能辨认出它的人
基本上都可归入知音的行列；
每一次，走近的脚步
都会让它的卵状叶抖动如小鳟鱼；
一半是仪式，婉转于
诸如此类的私人的秘密
确实没有公开的必要；一半是见证，
纯粹于生命之间的界限
其实还有好多有趣的缝隙呢。
所以非要过浩渺这一关的话，
不妨先参照那可爱的抖动，狠狠剪去
人之树上多余的枝蔓。
季节变换之际，你的心
能将秋天的颜色浸润到何种程度，
它就能将同样的热忱

分毫不差地反映在醒目的乔木树叶上；
即使你有时会迷惘，它也从未
怀疑过这对应的严肃性。
以貌取人似乎不可取，
但用在它身上，几乎千真万确；
如此好看的椭圆形长叶
必定和发达的根系有关。
秋风萧瑟之际，它并未带来
特别的知识；它带来的是——
远远看去，人的孤独
怎么好意思和它的侧影相提并论。

2019年10月7日，2021年2月13日

栗子简史

> 人还是得精通些乡下事物……
> ——罗伯特·弗罗斯特

轻轻的叩击,既是试探
也是问候;并不全是小松鼠
在预估自己的收获,其中想必
也有山雀的秋季大盘点。
它已习惯了枝条的颤动
和好奇心有关,以及小动作不断,
却并未牵扯到道德不够用。
最外层的锐刺总会在金风的摩擦中
渐渐疲软,而深棕色的壳斗
最终看上去像一个球形弹壳,
将心形的坚果包裹在紧张的甜蜜中。
仿佛有看不见的死扣将它系挂

在这些山毛榉科乔木的树枝上，
但它并不寂寞。风景是现成的，
而成熟意味着它的坠落
不可简单地等同于命运——
它是被动的，除非你能想象
那轻轻的叩击，也可在不同物种之间传递，
如同它加速坠向地表，大地的硬壳
会产生同样的触感。谁敢保证
地球就没梦见过它自身
是一颗硕大的深蓝色栗子？
就好像出于真实的需要，
哪一种想象力会没点小脾气？
至少它梦见过将它从野山坡
拾起时，一个声音肯定过
它像深色的念珠，但相关的线索
很快就断了。模糊的记忆中
唯有热浪想必来自野火；温热的灰烬
不仅能加工美味，也启发了结局
并不都是用来绝望的。
譬如，它不觉得猫需要被同情，

也不觉得猴子的聪明被扭曲过——
既然是冒险,从烈焰中
取走的东西一定还有很多,
而只要时机成熟,总会有一团火
将它围拢在故乡的偏方中。

2020 年 9 月 9 日

注:题记引自罗伯特·弗罗斯特的诗《精通乡下事物之必要》,雷格译。

桧柏简史

和刺柏或圆柏的区别，
常常连龙柏也闹不清。
必经之路两旁，它从存在的
虚无中夺回了一种层次感。
细雨过后，圆锥形树冠翠绿得就像
时间女神正牵着一只绿骆驼
刚刚走出坍塌的迷宫。
据可靠情报，凤凰涅槃时，
它和崖柏花柏一起构成过
一道屏障，它笔直的树干
因此具有铁的性格。再加上
天生就肃穆，如果你真的
输掉了太平洋，它的情绪

也依然稳定如我们不必陷入
现实究竟算不算一条捷径。

2020 年 9 月 15 日

佘山竹影简史

在附近，香樟和麻栎
已凭着挺拔的青葱交错在
自然的先机中；且潋滟的湖光
将一片忘我反射过来时，
美丽的枫杨更是将人间的绿意
高悬成一个醒目的礼貌；
季节的轴心一直慢慢转动，
留给了它们的，仿佛只是
在风景的清幽中演好
一个比坚韧更骨气的配角；
而它们的天性中并无一个角落
可用于嫉妒命运的安排。
微风轻拂时，它们的柔韧
似乎弥补过我们的性格之谜。
暴风雨的考验对我们而言

有时仅仅是比喻；对它们来说，
必须是顽直的竹竿像一把钢刀插进去，
稳住大地的摇晃；直到我们的虚心
和它们的空心再一次悄悄地
完全吻合在放晴的天气里。

2020年10月

败叶简史

不。秋天的槭树叶还有
黄栌的霜叶都不适合归入
败叶的序列。那些红叶都太招摇,
都太容易被形象催眠——
比如,看起来像用鲜艳的颜色
将伤口掩饰起来的刀片;
那些锋刃都已变形得太亲爱。
不。银杏金黄的落叶即使
粘上了泥泞,也不适合归入
败叶的分类学。当秋天的寒风掠过
偏僻的荷塘,败叶独自
醒目在荷叶的枯萎中——
记忆中翼龙的肩胛骨素描
也不过如此;翠鸟的身影会带来
一小块现实的切片,就着反光

稍一反向，暗淡的褶皱中
仍有耿直的叶脉拒绝过
死亡的花纹；涟漪颤动时
它的侧面也是它的正面，
仍会有焦黄的底色试图扭转
来自人类的观看的错觉。
不。它也不适合被叫做死叶。
它身上没有任何东西
能被正确地称之为死亡；
是的，它的颜色和体形以及
那可爱的饱满度，都发生了
剧烈的变化，但它并未死去；
未来的日子里，在它现在让出的
那个黝黑的茬口上，会不断
冒出新的叶芽。它并未失败，
它只是在自然的假象里
在我们的浅薄中，提前转化了
属于它自己的形象。几乎每一次，
它的放弃都完美着它的永恒。

2019年9月25日，2020年10月29日

柿子的神学简史

和往年不同，柿子树上的果实
多到从来就没数对过。
有谁能体会，这数目的含混
像一个小花招，不停地放大着
丰收的喜悦。而我的邻居，
他急需冷门的神学来解决
柿子和偷吃柿子的鸟类之间的
灵魂问题。他急需形而上的
缝隙，来撬动内部的
一个死结：他种下了柿子树，
这没有问题；有问题的是，
那些吃柿子的喜鹊、白头翁
或三道眉真的不懂得如何
分辨这棵柿子树的归属吗？
抑或这些欢叫着享用美味的

偷食者从来就不需要分辨
谁才是柿子树的主人。他的辛劳，
身体上的，特别是心理上的，
对那些鸟来说，不过是时间的空白，
意识的缺席。那些顺着脖子
滴进泥土的汗水，已令他独享了
种植者隐秘的喜悦，这难道还不能
让一个人满足于他几乎参与了
造物的过程？而那些鸟的出场
更像是神秘的分享环节的
一个自我完善。成熟的见证者，
它们聪明于鸟类的本能，
这难道也有错？而他急需神圣的洞察
来纠正世俗的盘算：假如他
没有种下这棵硕果累累的柿子树，
那些鸟将如何度过这个格外寒冷的冬天？
难道它们感恩的方式，就是
不停地摆弄灵巧的身姿
变换着花样，偷吃人的收获？
抑或他更急需一个乔装的天使

放下身段，用纯洁的影子
靠近他的疑惑：将吃柿子的鸟
归入小偷的行列，不仅有点自私，
甚至这想法本身就很原罪；
它们吃掉的不过是树枝上
颜色橙黄的柿子，谁能证明
那些果实上可曾刻有他的名字？
他急需上帝的偏见，假如我作为邻居
提供的安慰是不合时宜的：
那些鸟的啄食行为展示了
大地的意愿，而他现在急需的，
是从一个想象的个人损失中跳出来。

2020年1月9日

蜡梅学简史

放眼望去，万物静止在天寒中；
风冷得像时间之神
差点就在黎明的坡地上
冻掉了所有的脚趾。

想听真话的话，比细雪更深的
心灵的缝隙，几乎没有。
没错，作为一种真相，
肃杀比气氛贡献了更多的轮廓。

角落里堆积的枯叶
如同原物已放回到原处。
非常安静，甚至包括了冬天的序曲
比裸露的北方更适合开耳；

甚至人生的冷暖都显得太笼统。
就在你以为再没什么可观之物时，
它被它自己的小亮点
反衬在道旁的智慧中；

斜出的枝条，递来的，
远远不只是前世的记忆；
非常暗香，比新蜡还剔透，
直到让主人和寂寞都见鬼去吧。

2020年1月17日

树语者简史

和一株安静的樱桃树度过
一个下午,你会觉得
这世界可怕地误解过喜鹊
存在的意义,而且不止一次;
而喜鹊却从未误解过
这世界的能见度。青石冰凉,
坐上去的话,温暖必另有来源;
风轻轻吹着春天的神经,
从丁香到樱花,颤动的花影
带来了夺目的积极性,
将绚烂纠正为一种用途;
是的。真没准半个圣徒
就能令内心独立于时间的效果;
毕竟,你不可能和一只喜鹊
度过一个下午;它们太活泼,

即使有完美的枝条，它们
也不会多待一秒钟；从传话者
到追逐者，有几个瞬间，
它们甚至嘲笑你弄丢了
你身上的翅膀；它们的叫喊
听上去像噪音的时候多，
像天籁的时候少：除非你
起身拍打尘土时，愿意承认
一个人确实不必羞涩于
他已能用土语，瞒过灵魂出窍，
和影子完成一次真实的对话。

2020年4月9日

山楂花简史

与视线无关,坦然于影子的
荡漾中瞬间即永恒——
这些细碎的白色花簇
轻颤在鲜嫩的绿叶之上,
将世界的美意收敛在一个疏忽中:
既不映衬现实的晦暗,
也不隆重生活的艰辛。

而你的影子始终不甘于这疏忽;
静悄悄的,它犹如一次弥漫,
将新的魂魄带回到
春天的气息中。与距离无关,
它们的绽放远不止于
自然的兑现,更像是一次显灵。
甚至与跨越生死无关,

除非我恍惚于年纪这么小，
怎么会想到给虚无也上点眼药。
甚至也与人无关，把所有的化身
和所有的替身都捆在一起，
也无法抵消一个事实：
今生今世，没有哪一种死亡
能配得上成为你的同谋。

2018年4月25日，2020年4月29日

苦楝树简史

果实如冬枣,但不可食的
警告对小男孩子来说
几乎没什么约束力;明明见证过
红腹的雀鸟叼着它们飞向
颜色更深的山谷;相关的禁令
听上去更像成年人的一个阴谋;
至于它们的微苦,那不过是
由于我们年纪还太小,没能及时
发明新的甜蜜来对付它们
给侵略者设置的味觉障碍。
是的,像侵略者这样的词,
我都是从电影里学到的。
更棒的,我们还会比赛着,
看谁最先爬到最高处,
然后用青涩的果实狠狠嘲笑

同龄人的笨手笨脚。仅有一次，
事情朝相反的方向发展，
树上的胜利者遭遇到来自
树下的小石头的顽强反击——
有人额头被打破了，青春的血
从高处滴落；一阵尖叫突然试图
在无知的少年伙伴们中区分
好人和坏人。平生第一次，
我领教了那个困境：只要在场，
就不存在什么无辜者。

2019 年 7 月 31 日

咏杏学简史

因杏而坛,千年的花影残酷
白云朵朵仍旧依偎一片绿树,
但地点却已湮没如废墟
比荒凉还寂寞。时间的戏剧
聪明着呢,所以闲情才只配偶记;
再次凭熏染,严格封闭在
它的观赏性之中时,它已湿身于
才子们胡乱管它叫风流树——
曾几何时,缠绵的春雨如大梦
有一个漏洞,但也不是没救;
按庄子的直觉,它曾参与布局
神圣的气息,甚至连香雪
都有点配不上它满地的落花;
如此,即使身在远处,你也能听到
从树下传来的,经历了时间磨损的,

琴声,依旧能安静一个从容——
非要咬几口红杏,才能确认
这样的事吗:有天工垫底,
你的秘密也是心很大
如何安静于天高地厚的秘密。

——For NickAdmussen

2019年8月1日

日照归来,或麻栎简史

海边的黑松理解这样的事情,
与水杉或板栗混植后,
它的果实闻起来,果然比
橡树的种子更可口于异味——
至少在坡地上,可让田鼠的交配欲
一直延伸到厚厚的落叶底层——
那里,每一阵窸窸窣窣中,
秋天的异动都不亚于
春日的萌动。所以,不可食,
只是因人而异。常识是伟大的;
更何况饥荒年代,将硬皮剥除,
磨成粉后,它的种子可做成
充饥的豆腐,好吃得足以
撑死一头野猪。同样因富含淀粉,
山东最好喝的酒,也可以用这些

顽皮如棕色眼珠的种子酿制。
而我更想交代的是，机警的兔子
也很喜欢啃咬它的种子；
所以，与其他乡土树种相比，
我喜爱这些壳斗科乔木的理由
并非由于它的树身可高达三十米，
而是因为一只兔子，经过雕刻，
送到我手里时，朋友特意指出，
它取材于麻栎的树心。

2019年9月2日

雪松简史

常常,我看到野鸽子结伴飞入
它用宽大的枝条撑开的
伞状宫殿,而自远古时代
就已点燃的绿色火焰

并未因这样的小动作
而有丝毫改变。雪光的反衬下,
洋溢在它身上的碧绿
意味着命运已冷静在一种恒温中。

算不上严格的见证;
这一幕,顶多涉嫌偶然的一瞥,
而且常常,还会被斥为
严峻现实中的小小的走神。

我知道，我不能过于羡慕那些鸽子；
我可以将它们的飞翔归入
一种可喜的姿态，但绝不能
在鸽子身上浪费太多的时间。

而我的另一个观察更偶然，
用到的时间应该少之又少：
我注意到，飞进去的，多半是鸽子，
飞出来的，却往往是焦躁的乌鸦。

2019年1月23日，2019年9月6日

曲园谈诗，或朴树简史

洞天比比皆是。每个回旋
密切着意到即心动。
综合起来，友人的曲园
已将山水的奥义缩影到
自有妙处。今日白露；
更惊心的：有生之年，
它伸出的最漂亮的枝条
已将我们谈诗的声音
分割成向下的冲动
和向上的走神。认出黄栌后
接着再认出它，一切都自然得
仿佛只要身临一个奇境，
我们的举止就会因它的触目
而获得一个诗的意外。
果然，《诗经》中就提及过

好人和它的特殊缘分；
而在现场，它制作的荫凉
只偏向池塘里的锦鲤——
那意思明显得就好像我们
已有很长时间没在这么强烈的
中原的秋天的太阳下
触及诗歌的本意了。

  ——赠曲青春

2019 年 9 月 10 日

黑松简史

红褐色的雄性花球随时
妩媚在新枝的下端,而雌性花球
偏向淡淡的紫红,反倒热衷于
聚生在枝条的顶端,招摇自然的现场
不一定非得有你在场。
诸如长青这样的词,用在它们身上
更像是对我们的一场针灸。
如果单看外表,很难想象
抱成一团的它们,会如此沉迷于
抵抗脾气暴躁的海风,并将生命的姿态
渐渐稳固在无名的意志的较量中。
毕竟,作为一种命运,
防风的作用是强加的;但最终,
适应性唤醒了一种碧绿的潜能——
恶劣的环境中美的存在,

与代价无关,只涉及我们
还能不能借助植物的性格反观
这世界的意义?所以,置身在它们中间,
可得想清楚一件事,一旦下决心
将它们归入海边的风景,
就意味着你不得不将你中有我
更彻底地暴露在宇宙的
非正式的入口处。

2019 年 9 月 11 日

梧桐简史

正常情况下，刽子手们
不会在它的绿荫下草率行事。
毕竟，飞走的凤凰在时光的流逝中
布置了一个悬念。

你在树身上看到的
那些和爆裂的弹孔相似的小孔
甚至都不是啄木鸟留下的。
甚至蹦跳在枝杈间的松鼠也可能很无辜。

秋雨过后，自然的邀请
就隐藏在高大的姿态中，所以
你必须理解，一般的容貌
对它来说，是远远不够的。

甚至距离产生的美

也远远不够,不足以反衬你和它之间

那份生命的默契。近乎光明之树,

假如你能确认一股神秘电流正在借用你的脊柱。

宽大的落叶才不象征

人世间的悲哀呢。它们会在无名的时刻

自行解体,无惧腐烂的纠缠,

重新回归盘根的信念中。

从它身上掉落的任何一种东西

都不可能将你砸晕;你不必担心

你会不安全。它过滤的不只是清新的空气;

更有可能,它是你的仪式之树。

2019年9月23日

小叶女贞简史

从北阳台货架最底层,
取出牛皮纸袋:上面的灰尘
厚得像是在狠狠报复
时光的流逝。不只是有点脏,
不只是看上去皱皱巴巴的;
很有可能,那意味着我们
有没有接触过神的另一面。
放下咖啡杯后,叼着雪茄的
马拉美会干这样的事吗?
讲究可能性的话,系着围裙的
马蒂斯倒是看着有点像。
轻轻一摇,里面的黑皮种子
像是早已醒来,甚至早料到
你会来这一手:黑暗中,木犀科粒子
用它们的集体脱衣舞猛踢

一个声音,令你绝不可能误解

那哗哗的闷响。用自来水冲洗时,

去年十月采集它们的慢镜头

开始闪现在脑海中。但是,

千万可别走神。你还得用温水

将它们泡涨两天,才可以撒进细土中。

不。那样好像还漏掉了一个环节:

播种之前,你还得用双手

使劲搓掉最外层紫黑色的干皮。

如此,一个播种者的形象

才会渐渐清晰在你的命运中。

——赠伐柯

2019年5月,2019年10月

雷公山归来，或秃杉简史

如同一种过滤，巨大的寂静
将宇宙的面目保存在
雷公山的苍翠中。比风景还要深意，
苗岭的山谷深深一个原乡——
即便是初来，即便是
匆匆的一瞥，它的模样
也会让你从你的身体里拎出
另一个你，就好像这是
深嵌在人的故事中的
一个快要被我们遗忘的惯性。
退一步看，即便那地方不叫向阳坡，
秃杉也不会错过称王的感觉；
高大啊，不出色，怎么本质
生命的美丽。对自然的信赖
如何转化成对人的信赖，

是它留给旅人的一个悬念，
即便你刚刚误以为它
不是铁杉就是乔松。
名字不太好听，但假如你
见过本地人怎么喝酒；
或者在私底下，粗瓷碗碰撞中，
怎么会有天籁的回音？
你便会觉悟到它的质朴之中
莽莽原野粗犷过怎样的挺拔。

2019年8月13日

榆树简史

古老的夜色深处，月亮的乳房
曾无限靠近它黑黢黢的枝丫
而你只能依赖这隐秘的对比
来磨洗我们的轻罪，直到世界的阴影
突然在它的孤独中重新安静下来。

一只从幽暗的田野中返回的猫头鹰
充当了它的天使，但看上去更像暗哨；
而假如你，没能听到一阵钟声
像闸门打开后，一股洪水从树杈上
喷涌而出，猛烈撞击着历史的遗忘的话，

你仍会在天光放亮后被深嵌在
它树干上的一排枪眼所原谅——
就好像八十年前，另一个和你

沾着点亲的人,曾怀着巨大的信念
替你倒在了它的树底下。

2019 年 10 月

枸骨简史

不走运的话,很难发现
簇生的花序会像枸骨一样
娇嫩在叶腋内侧;紧接着,
一个反衬开始作用于你的判断:

那些罕见的尖硬的刺齿
绝不仅是奇特于看似平静的
自然表象下,存在着我们
尚未完全了解的敌意。

你身上的猫怕它们,
你身上的老虎也怕它们,
甚至你身上,已将神秘的自由宠坏过
一千遍的鸟,也因害怕刺痛

而浑身羽黄：即使刚刚飞越过

白雪皑皑的喜马拉雅山，

也不肯在上面停留一秒钟。

幸运的是，你的理智并未屈服于

那些刺齿的暗示；生火，烧水，

将晒干的四角状叶子煎服在

一个仪式里，就好像常常被打断，

但生活始终意味着有样东西会被你悄悄发现。

　　——赠余文翰

2019 年 11 月 15 日

蓝花楹简史

不太挑剔土质，也很少
哀叹迁移中的损失，
但日照是否充分，却暴露了
它对我们的世界观
始终是敏感的。哪里有第一线，
哪里就有它高大的身影

竖起残酷的对立面——
凡可用迷人的怒放解决的，
它都会用榜样的力量
严格要求自己；要过瘾，
就过瘾到花姿澎湃；
要恣意，就恣意到仿佛
只有你还记得宇宙的暗号。

生命的孤独，人世的坎坷，
凡可归入风景的政治的，
都逃不过那紫蓝色花瓣的
微微一颤。它的妖娆近乎
一种牺牲；绝不低估神圣的喜剧：
开始时，它是我们的对象，
告别时，我们是它的对象。

　　——赠王家铭

2019 年 5 月 11 日，2019 年 12 月 22 日

白蜡树简史

如果你值得信任,
我就会清晰地记得飞进
白荆树枝叶繁茂的树身中的
每一只鸟:从麻雀到斑鸠,
从喜鹊到棕背伯劳,
甚至黑得有点像死神
微微上翘的深色眉毛的乌鸫……

我不会责怪你用异样的眼光盯着
你从未听说过的事情——
这里,既不是来苏水味道呛人的
医院的走廊,也不是空气
快要凝固的监控镜头
常常损坏的审讯室,
这里,只是和回旋有关的

一块空地，我曾打过赌，
即使树叶落尽，只剩下光秃秃的枝杈，
我也能认出它是青桫木；
数目的准确只是一方面，
请不要忽略前提的绝对——
如果你依然值得信任，
爱，就深过所有的记忆。

2017年11月，2019年12月12日

白杨简史

大风过后,吹倒的柳树
横陈在马路上。从侧面看,
人生之路,究竟有没有捷径可走?
事情已见分晓。而吹倒的白杨,
则很少见。更不寻常的,
碧蓝的晴空下,空气的神经
竟然不怕冻;树叶落尽后,
枝干挺翘的白杨不仅不反衬
人的渺小,反而将你的秘密
再一次削尖,戳向时间的软肋:
那里,值得重申的事物
其实已非常有限;但既然时光的
空洞已构成了一种诱惑,
它就像获得了冬天的灵感似的,
坚持要用它的高度从冷冽的

风景中重新赢得它的名字——
冲天杨,听上去够形象吧;
意思就是,它的根扎得越深,
它看上去就越像你踩刹车
已踩到了树干上的黑眼睛。

2019 年 12 月 25 日

巴西风铃木丛书

紫葳科小乔木,树身布满
深刻的纹裂,仿佛是要矫正
你脑海里的一个盲区:

植物不止是生长,它们的生长
同时也是一种劳作;一点也不亚于
人的血泪史中挣扎的形状;

甚至在椭圆形的睡眠中,
它们也热爱着自身的劳作。
如此,粗糙的绿叶不仅记录了

与风雨搏斗的所有结果,
也展示了一种醒目的对称:
它身上的金黄管状花如此美艳,

以至于仅凭肉眼,你根本
就看不出它刚刚诅咒过
一种浅薄:他人即地狱。

2006年5月

尖山桃花观止

农团山幽深一个葱茏：
从盆地到丘陵，绕了一大圈，
原来半坡最贴切半生。
湖光碾磨细雨，潋滟你倾心
阳春的绽放近乎一次扭转，
令世界的悬念轻浮于
小蜜蜂的小殷勤。借十年灯一看，
原来全部的花事不过是
人生很侧面；如何陶醉
涉及如何较量。表面看去，
有很多来路都通向
灵魂的支点，但实际上，
阅历再丰富，我们所能经历的
也只是一个人的半生。
来早了，白云服软豆花

就会显得太孤立,甚至会
让粗糙的枝干与花蕾的娇艳失去
那个只有你才能把握到的对比。

2018 年 4 月 19 日

红醋栗入门

又酸又脆,标准的小野果派头,
但端上来时,它的身价
陡然翻倍于土话里竟有
卷舌的花腔:它是自己种的。
就饱满而言,只有漠视命运的
原始冲动,才会酝酿出
如此新鲜的反调。落叶灌木,
新枝上的锐刺令你想到含羞
也可多于人性。它丰富于
天路偏爱借道迷途,
穷人是我们共同的隐喻;
它的花心几乎从不示人,
作为弥补,它的锌含量高到
仅凭口感,你就能洞穿
生活的秘诀原本就是

在平凡的场合去接触，物在风物中。
它多到随便采摘，只要你不伤心
我们已没有机会变回野人。
文学的小甜头，契诃夫
将它的象征性捏碎在
即将到来的情节的高潮时
特意提到普希金曾断言：
在助人高尚方面，真理
常常会输给谎言。所以
它看上去像灯笼，用蜜汁充电，
也就没什么好奇怪的。

2018年7月18日

灵空山油松入门

始终迎着风,挺拔助长了

它的脾气好大。怎么低调,

雄伟的身姿都像是

出自一种乐趣:楷模于

自然中的确有自然的骄傲,

和我们在人的形象中

死扣谦逊的做法截然不同。

距离产生美,但前提是

先把淋漓的大汗擦干净。

都说它像擎天的旗帜,

但依我看,围绕着它的风景

不过是一种假象。特别是在山顶,

拥有绝对的高度,不啻和命运摊牌。

它好像从未担心过它的丰美

已将它周围的密林降低成

一种陪衬；但我们知道，
它的历史记忆中的确存有
一片阴影：毕竟为了修铁路，
很多同龄的红皮松兄弟
都被砍伐做成了该死的枕木。
时过境迁，它的好日子
如今已被三晋第一松巩固为
世界上最大的油松。就观摩而言，
它的喜光性的确可以引申为
对光明的渴望成就了它自身的高度。
此外，你向青天提出的问题
仿佛都已被它粗硬的针叶加工成了
比时间的答案更深的绿意。

——赠苏历铭

2018年8月3日

碧桃诗学入门

每一步,都能深浅一片花海;
紧接着,天真的妖艳起伏一阵红雨,
将你的孤独镶嵌在一个多情中。

假如现场缺少一对野鸭,
先知也不妨是一只白鹭。
真想较真的话,春风也能下酒。

如此艳丽,必然事关生死;
假如你愿意共识飘浮的
白云也能荡漾一个彻悟:

怒放的桃花就是一门课,

足以令你更唯美地卷入

从来就没有什么救世主。

2018 年 4 月 21 日

银杏夜入门

介于夏夜和秋夜之间,
它支起它的黑铁般的寂静,
将通往窄门的捷径
指给你看。它不担心
你会认错,它忠于时间
就好像它和陨石打过赌;
每一次路过,它都会准时于
喧响的树叶像勃拉姆斯
也曾想去非洲看大猩猩。
它清晰于人生不乏幻象,
但是距离产生美偶尔也耽误大事;
它严肃得像它瞧不起
镌刻在石头上的甜言蜜语。
它喜欢月光的热舞,
它孤独于没有一种怜悯

能搂紧在它的树枝上栖息的画眉。
温差确实有点大,它用冰凉溶解
宇宙的冷静,比邻神秘的善意;
如此,它高大于挺拔就好像
你正从峭壁的梯子上醒来。

2018年10月6日

血桐入门

蒴果开裂时,乌亮的种子
令食饵完美到蝴蝶甚至
想过多嘴就多嘴吧。
细心旁观后,它最喜欢做的事
莫过于和时间互换背景——
当人生的孤独减弱为
药力可疑,它将自己扎根在
海边的嶙峋中,比挺拔的棕榈
更醒目地构成时间的背景;
另一番辨认似乎出自故事的力量——
当海风不断提高嗓门,
试图绕过天使,深入新的角色,
它凭借猛烈的摇晃
争取到风景的信任——
那一刻,它几乎是信念之树;

迹象多到它的叶面宽大，
叶脉更逼真到比掌纹还命运，
并且每一片，都清晰得
像一个绿色的小盾牌。
那一刻，明亮的树阴下，
你侧过身，抓拍大海的永恒，
令时间蔚蓝到已无箭可用。

——赠吴盛青

2018年10月16日

太湖梅花

令现实小于自然的方法
其实并没有想象得
那么复杂。把黄酒浇到底,
人之树未必就轻浮于
小蜜蜂的团团转。放任记忆的话,
以花为媒,必然发展到
以江南为媒。没栽过
唯美的跟头,人的缺陷
才深不可测呢。脑海里,
交给草耙的工作,代号闪电行动。
芳香很及时,即使身边
没有美人,鼻子也很伟大。
所以,成功的秘诀在于:
和天堂比,不如和早春二月比。
太湖边,绿意由朦胧表决

一个赎回：我们到底还有没有机会
起伏在春天的传说中。
哦，香雪，比大海的美更激进，
更擅长从走神的尘世中
把生命的冲动拽向
花枝乱颤；目的只有一个：
和天堂比，你还没有出生。
和地狱比，你已死过九回——
尽管如此，你仍然欠
和邓尉山中的梅花再比一次。

2018 年 3 月 3 日

落叶启示录入门

脱离了柿子树粗糙到
完美的枝条,这些落叶
几乎试过所有降落的方式;
它们不在乎你是否还掌握着
更漂亮的落体表演。
它们也不在意我们将告别的意味
强加在它们身上是否
侵犯了它们原有的表情。
凋落的,为飘落的,打探过
无数遍大地的冷暖;
零落的,预先为坠落的,
铺垫了色泽醒目的防潮垫;
作为一个环节,落叶
比我们能旁观的,完成了
更多的自然的秘密;

它们甚至插足过在私底下
你问我是否已准备好了。
甚至所有已知的践踏,来自野狗
或野猫的,以及来自人类的粗心的,
也都被它们事先预习过
不止一次。当我们和它们
在私下交换人生的背景,
不感情用事的话,落叶代表着
更完美的理智,强大到
你忽然发现,对比人类的愚蠢,
再没有比真正的悲伤更健康的东西了。

2017年11月2日

落叶颂入门

如果你不用落叶来称呼它,
它会是秋天的舞蹈中
最自在的一部分:脱离了树枝,
在翻转中投入金风的怀抱,
直到轻浮凭本义不断刷新
我们对死亡的假象的一个小误会。
或者,如果你的克制
足以自然到你不会用春天的模样
来对照它的前身,它就会记得
三个月前仿佛有黑黑的熊掌
将世界上最单薄的痒痒肉挠到
寂寞的碧绿差一点就要燃烧起来。
心形多么鲜明,如果你无法认出
从我们身上也会有同样大小的树叶
飘向大地的戏剧,你凭什么敢说

痛到极点时，所有的深渊加起来
都浅得像鞋底的一片湿迹。

2018 年 10 月 27 日

灯笼果入门

小小的特别甜将它们放大到
世界的印象中。此时,其他的对手
都已在海南的阵雨中失去了
竞争性。它们的出现就好像
偶然比宿命更性感。但因此
惊动雄心,就有点反应过度了。
毕竟,它们不是你曾见识过的
把自己隐藏得很完美的猎物。
它们是否算得上静物,都很成问题。
你的好奇心倾斜在生命之光中。
从礼物的角度看,它们大小如念珠,
但脾气脆弱得比浆果还爱哭。
如果你问鹧鸪,它们的名字叫金灯果。
如果你问陵水的波浪,它们的名字叫姑娘果。
如果你问浮云,它们的名字也叫秘鲁酸浆。

如果你问我，它们味道独特得
让我差点忘了宇宙还有其他的乳名。

2017年7月8日陵水

乌榄树入门

快要成熟时,它的果实
性感得像松鼠的鼻尖;
比可爱还敏感,就好像刺探的对象
正从世界的神性向你大幅倾斜。

无论怎么挪动脚步,
你都只会站在它的对面;
只有转过身,或引入拍摄者的角度,
这样的面对才会突然消失。

就背景的独特而言,站在它前面
和站在它左边,没什么两样;
那一刻,它已从世界的化身中胜出,
挺拔在自然的多样性之中。

它的高大是为果实累累准备的，
它的树冠大方一个南国的漂亮；
如此，你的渺小反衬在它的阴翳中，
不是它的错。它才不会浪费时间琢磨

如何避免死亡的阴影呢。阳光越强烈，
它的喜悦越启示人性的迷茫。
甚至叫它黑榄时，它会兴奋得如同
寻狗的人在细雨中喊它的乳名。

2018年12月20日

文化人类学考试入门

下在外面的，是夜雨。

流在里面的，你永远也不会猜到。

臭椿，71分；连翘，92分；白皮松，86分；

迎春花，87分；蜡梅，70分；诸葛菜，84分；

负责监考的，没准就是穿裤子的云；

所以，厕所里永远没有老师，

只有道在屎溺间。紫藤，95分；

黄栌，62分；圆柏，85分；独行菜，69分；

假如我们的羞耻不曾误会过

我们的世界观：七叶树，97分；忍冬，90分；

石榴，88分；水杉，75分；铁线莲，91分。

环节多么暧昧，假如我们的回报

不曾误解人生的轨迹。泽芹，81分；

益母草，99分；红桦，89分；牡丹，79分；

或者，假如我们的委屈不曾模糊过

生活的印记：樱桃，77 分；榆叶梅，80 分；

旋覆花，94 分。多么深奥的激励，

假如我们的成长源于

我们的天赋都曾被深深误解过：

野豌豆，78 分；黄金树，90 分；

或者，假如北方的天气不曾误会

我们对权力的幻觉：梧桐，66 分；雪松，74 分；

红蓼，83 分；紫薇，97 分；栾树，79 分。

或者，假如我们的运气不曾误会

我们曾如此矛盾于人生如梦：

香蒲，69 分；打碗花，66 分；盒子草，68 分；

鸢尾，96 分；中华小苦荬，93 分。

现在燕园时间：清晨六点。蒲公英，64 分。

2017 年 6 月 25 日

扦插入门

在折断枝条的声响中,你能听到
昨晚的梦中金色老虎
一个猛扑,咬断了野兔的肋骨。
带着不易觉察的木液,
枝条的末端,新鲜的伤痕
赌你之前就已准备好了
掺过沙子和腐叶的红壤土;
它甚至赌你知道它的成活率
意味着你的责任最终会升华
我们的好奇心,而不仅仅是
木槿开花时,那夺目的娇艳
能令紫红色的灵感重瓣。
和它有关的,最大的善
是每天早上,有人会弯下身,
给它的下身浇水。将粗暴的

伤痕转化成生命的根系，
面对这成长的秘密：你扪心自问
那个人真的会是你吗？

2017年6月24日

辰山植物园入门

最初的目击不包括
我们之中有人能幸运到
置身于花海的深处。
不合格的东西太多,甚至
令神秘的惩罚都已懒惰。
好在时光的秘密并不会
因时间的流逝,卷入石头的诡计。
水落之处,缝隙即赞美。
还想进一步分享的话,
绷紧的神经一旦混入
蝴蝶的插曲,成为看不见的心弦,
暗香几乎比人性伟大。
不。这不仅仅是我们如何属于
并拥有片刻的事情。
凡袅娜过的,未必只是有点遗憾

我们都不曾胜任往事如烟。
远处，不论清晰还是模糊，
视线和缥缈同样合理。
而森林从未辜负过象征性；
起风时，原始的警告
不止是令我们美妙于
原始的恐惧。从火海中逃离，
奔跑中，狒猴的背影
很像一次典型的返祖现象。

——赠徐俊国

2017年5月10日

北京泡桐入门

半米以下,二月蓝比它娇嫩;
微光点燃花影,但慢慢燃烧的东西
其实并不那么容易辨认。

一米以下,鸢尾比它妖娆;
幽蓝的召唤,如果我不曾凭借我们的牺牲,
你如何能埋伏在这样的盛开之中。

两米以下,连翘比它更善于触及
感官的秘密。艳黄的手势,
横竖都是我们落后于你曾非常自然。

三米以下,海棠随便一个转身,
它都会显得笨拙。位于小巷的出口处,
迟钝的原因中,喧嚣和尾气仿佛都不是杀手。

四米以下，它不是樱花的对手。
它不缺少花团，也不缺乏锦簇，
它缺少的是，我们必须给它一个绝对的理由。

五米以下，即便春雨有点脾气，
山桃花的优势也比它醒目，
就好像它的高大，反而反衬了我们的失败。

六米以下，玉兰的花心比它端庄，
哪怕看上去懒洋洋的，花瓣也应是刀片；
除非人类的麻木，掩盖的已不是我们的伤口。

2017年4月11日

加利福尼亚的棕榈入门

它们的挺拔让我想到
一个词,正从卷起的舌尖跳下,
狠狠撞向牙齿的白悬崖。
乌鸫提着黑黑的小漆桶,
插曲般,穿越红松的背影。
天空碧蓝得就好像碧蓝
是躺上去的。稍一感叹,
宁静和人生便互为对象,
将你排挤到微妙的对称之外。
要么就是它们的挺拔
是它们唯一的眼睛。事情
好像也可以这样,它们见证
我们见证它们的挺拔是
我们和自然之间最新的仲裁者。
要么就是它们的挺拔是

我们用于另一种飞翔的燃料。

——For Tony Barnstone

2017 年 3 月 25 日

梅花节指南

不知不觉光福的峰峦
已在你周围完成了一个怀抱——
依俗寻梅,浮动的暗香
勾兑一个完美的暗号;
原来苦寒的野心最精神——
以梅为心,不如以梅为妻,
独自盛开,将火热的冷艳贯穿到
你差一点就要领会忘我
究竟事关怎样的奥秘。
俯身一嗅,原来你是不是主人
要看它的蓓蕾像不像
一把美妙的钥匙。以梅为锁,
不如以梅为镜;照一照,
花中有人,人中有花,
一个怒放就能把你结合到

意志的姿态中。以梅为骨,
不如以梅为风:即使季节输给了
严酷的命运,在它面前
你依然是你一个人的春天。
黄昏多么窍门,以梅为眠,
不如以梅为醒:宇宙的影子
始终是它的武器,即使江南雪
偶尔会迟到,它依然会吐艳,
直到你学会新的呼吸。

——赠龚璇

2018 年 3 月 17 日

红叶学入门

当你称它们为红叶时,
它们事实上已死去。它们精致于死叶,
单薄于死亡对宇宙的轻盈
偶尔也会有了新的想法;
然而一旦用火去试探它们,
明明已死去的红叶会从乱窜的光焰中
冲着你噼啪叫喊,就好像
在命运和见证之间,你不曾认出
你其实也是一枚终将会凋谢的
颜色越来越深的树叶。
它们不只是重生于火,
还曾将激动的火改造成
令你眼前一亮的隐身术。
它们随和到你都有点替
世界的主人不好意思,它们是
伟大的诗出过的一张牌;

但不否认你也许还有别的底牌。
在它们身上，易燃甚至加工过
有一种美德比自我还易燃：
因为世界缺少燃烧的风景，
或者因为你已有点厌倦
我们的激情曾出自星光的性格。
看上去朴素，但它们身上的颜色
很可能还威胁过死神的记忆——
迷途交错的年代，它们是
明显的标记；尤其是当我们中
有人试图沿风景迂回到
世界的真相，它们很扎眼；
而一旦投入无名之火，
焚毁了身上的小红箭头，
凭借顽固的冲动，它们
可以在我们中间制造出
一个巨大的迷失；甚至死神
也不得不向你借钱去买
一张新的亚洲地图。

2017年1月12日

秋红入门

从旁走过,你不会想到
也曾有懂事的名妓
就叫这个名字。也难怪,
因为最好的味道里
才有最好的记忆。此时的
午后,温柔多么慷慨——
整个世界安静得犹如
一个侍者,捧着从花心
直接递过来的果品,请求你
暂时离开你自己一小会儿。
什么意思啊?难道冷漠的存在
仅仅是个假象?鲜艳的
小东西,一直剔透到
你居然从未尝试过
生命的初心。你总是想凑够

假象不是假象的前提，
再去和喜鹊的主人谈条件。
其实呢，前世有好多后腿
看上去就像这忍冬的枝条呢。

2016 年 10 月 5 日

黄葛树下入门

看上去就该是大叶榕树;
但假如记忆想捉弄你,或者
你的记忆想在迷宫面前
跳一个火龙舞,黄葛树
很容易就听成黄果树。
但是看样子,它一点也没有
要结金黄的果实的意思。
它的树冠大方,美貌得就像
你想拍月亮的屁股时
正好一个女人在树杈上梦见
这幕场景的前提就是:
直到此时,你还不知道
它响亮的别名正是菩提树。
据说,两千年前它曾协助
年轻的印度王子彻悟宇宙的本质。

如今时过境迁，但是我猜：
树阴下的智慧，不会低估
我们是否依然在场；就好像
神圣的无花果有一个脾气
绝不因人而异。再具体一点，
成都街头，茂密的绿叶宽大此刻
我们一直在黄桷树下喝着
四川的秋茶；一点也不在乎
时间本身是否已是一座孤岛。

——赠何平

2016年9月16日

比柳绿更对象入门

这是它的目光,里面有
池塘的记忆如同一只筛子。
时光的流逝是残忍的,
因为它只是表面看起来
很接近宇宙的某个真相。
同样,出于无名的羞耻,
我其实不太肯定我们是否
依然还有资格站在那里。
也许挑明这一点,反而有助于
我们从这残忍中获得
神秘的好处。比如凭着
抽象的饥饿,你至少卷入过
影子的激情。几乎每个循环
都像一条皮带从内部
勒紧过人类的无知。而我们

也确实向往比自然还真实。
堤岸上，迎春花率先抛出
带刺的黄耳环，试探金驴记里
到底还剩下多少倔强的
北方好人。这依然是它的目光，
带着梦的眼神，朦胧的鞭痕，
严格于小土坡上，每一朵山桃花
都曾是地方志的小补丁。
仔细一看，原来有好多缝隙
都急等着无土的挖掘呢。

2016年3月23日

红果冬青入门

成熟于去年的十一月,
从红与白的古老的对比中
汲取天生的灵感,但是否迷人
则取决于你如何想象
它们和吞噬它们的大山雀
在永恒的最后一吻中
完成的,究竟会是什么。
白雪的反衬下,它们比你拥有过的
最通透的念珠还圆润;
怎么看,都比美味还浆果;
而且很显然,它们也不想掩饰
它们是以猩红的数量取胜的;
虽然无法确定以它们为中心的
越冬的鸟类到底有多少,
但我们知道,世界的饥饿,

其实早已被精确地测量过多次。
甚至你的,最神秘的饥渴,
也深藏在这些测量之中。

2016 年 2 月 16 日

低于落叶入门

娶落叶为妻,但不是随风而去;
也不是我们只能等到大地
看上去像一张严酷的婚床。

左边,火炬树的落叶比霜红还唯美;
稍一延伸,喜鹊的泥足固然很轻,
但也已构成微妙的践踏。

右边,高大的银杏的落叶
比最醒目的杏黄还像
一把送给最小的灵魂的扇子。

积极于自然的扇动,就好像陌生的你我

曾参与比赛：究竟谁的眼中
永恒的秋天最自私。

2015 年 11 月 5 日

楸树入门

在被侮辱和被损害的
你我之间连续抽签三次，
抽中的，竟都是五月。
偶尔，乡愁的海拔也会蔚蓝。
如果不介意，我更愿深情一个假设：
说到底，其实并无最深的幻觉
需要打破。和过去比，
你的北方，现在更适合
我开始重新看待那些免费的角落。
燕山脚下，美丽高大的楸树安静得
就像黄昏时的一座马厩。
它们发散出的植物的气息
也恰似一群马颠跑着，在我的脑海里
按摩你的影子。现实的鞭子
混杂在乱丢的垃圾中间。

你翘着脚尖,探身查看小标示牌上
锈迹斑斑的物种说明——
果然,又是原产于中国;
但另外的意思却是,很难统计
究竟有多少生活的秘密
就来自那几个近乎完美的瞬间。
比如那一刻,我暗暗吃惊于
我怎么以前就没想过:
繁花已足够,似锦纯属乱弹琴。

2015年5月26日

荚蒾入门

早市上,怎么会有金枝?
逼真的玉叶,倒是见过
各种各样的,但意思全变了。
买的人和卖的人,都明白
它们既不算上买卖,也构不成交易。
类似的插曲还有,清爽的
苦菊不爱搭理茴香,而油桃
却新鲜得像樱桃刚戴过的面具。
取景于红瑞木,废墟怎么
一下子就模糊了?我注意到
你确实有种奇怪的冲动——
渴望把地上捡起的任何东西
都叫金枝。就不能等一下?
比如,从玉叶的哭泣里
我大致能判断出,昨晚的雨

下得有多大。命运之中
有个纯粹的无知，其实
对聪明人和傻瓜，都方便。
但还是太特殊了，所以
看上去，不是你的安静
在加工我们的死亡，而是
你的死亡在加工我们的安静。
要不要和地铁里的巨大的活塞
打一个赌：你随便做一个梦
都能让这里的现实走样。
但是，作为回答，我不建议
我们依照判断黑暗的大小
来翻找生活的底牌。当然
我也不好意思建议，我们
最好按照真谛的大小，偏僻于
五月刚开始时，荚蒾也曾叫琼花。

2015年5月25日

假如你知道金银花和金银木的区别入门

洋槐新绿,丁香并不羡慕喜鹊
打听到几乎每个出京方向
都有一处桃花节。分配一下春天,
总比都扎堆在城里好吧。

往空气里钉几颗钉子,
就开始收费如收网,固然可疑;
但说起来,主要钻的还不是
法律的空子,而是人性的空子。

一激动,金银木很像金银花;
细雨中,阵阵清香犹如手刹太好使了:
还没捏够呢,我给幽灵让路的次数
已可向吉尼斯纪录发起新挑战。

2015 年 5 月 4 日

苹果花入门

刚下过雨,新鲜的背景
哄抬枝条的骄傲;
洁白多于洁白的含意。
比如,花瓣绝不朦胧,

花瓣紧紧相连,洁白多于
洁白的微微战栗;洁白甚至多于
洁白对你的启示。
洁白的,花瓣像洁白的锋刃。

没错。来得确实有点突然;
我也没想到,我信任洁白的苹果花
会多于信任月光,或你。
什么意思呢?假如我只是交代

我信任洁白的花瓣完美了
洁白的锋刃，而没有说
我信任苹果花，如同信任它
用它的洁白，足以将我杀死十次。

2015 年 4 月 15 日

紫荆入门

来自侧面的,最终全都
变成了来自对面:
杜甫的故里,一路上,
不断浮现的花影不停地提炼
一个古老的记忆。
每个角落,都包含着
几枝不同于是非的
鲜明而浓密的是非。而你
属于那个记忆,但你太美了
所以允许你不必那么古老。
你不必那么古老正如
我们不必那么年轻。
相比之下,废墟联手现实
也不过是炼丹炉里
又多了一份金子的败笔。

细雨中，不同于我们所熟悉的
那些伟大进程，花朵如何参与眼泪
始终是一项神秘的工作。
我尽力了，尽管花影的暗示
对我一向不太起作用。我迟钝于
花影的暗示如同我只愿面对
这里，每一朵花都不必忍受我们。
我以为，你我能体会到的
最大的幸运莫过于此。

2015 年 4 月 8 日

花儿为什么这样红入门

将我们的沉溺推向
伟大的静物,用尖锐的羞愧
收敛一下生活的波澜,

但是不解释金属般的黄昏
为什么看上去像一只孤独的降落伞,
静静地飘向世界的臀部。

任何答案都只是一种提醒——
越是倾向于颜色,越是依赖于歌喉。
假如尺度足够宽大,豹子就会混淆花影,

加重我们的呼吸。假如你还没学会

向痛苦开放你自己,你就不会如此悲痛。

所以任何时候,悲痛都只是一种神秘的机遇。

2014 年 9 月

银杏入门

秋天的邀请仿佛因为你
变得清晰起来。如此高大,
就好像时间的情人迷上了
挺拔和信仰之间的一种巧合。

纯粹的愉悦表明,我们不仅受雇于
金黄的命运,也受雇于金色的秘密。
或者坦白地讲,我们的迷途
未必不是宇宙的捷径。

有过一个瞬间,松鼠肯定听懂了
喜鹊翻译过来的月亮的留言。
安静的颜色中,唯有杏黄
比影子的真理还顽固。

我们未必不是神秘的受益者。
因为无名的丧失,你确信
按原型的尺度,擅长缓慢的刺猬
是比我们更出色的羞涩大师。

你比我们更接近纯粹的人;
假如我没判断错,你身上有树的味道。
轮到我确信时,你也会赞同
风景才是我们的底线。

2014 年 10 月 31 日

岳桦树入门

你所熟知的爱的表白
在这片长白山岳桦林面前，
不过是我们刚才在岩洞里躲雨时
避免了一种苍白。你走向它们，
但它们并不是一个对象。

你路过它们，见证了它们
在火山下搭起的三脚架，
可让生命之美在时光的建筑中
逼真到何种程度；而从外形看，
它们更接近在抵达之前

闪过你脑海的平静的誓言。
艰难之中，秋风始终是一场试探；
而它们的倾斜，沿凛冽的坡度

造就的集体之美，在我们中间
加深了宇宙的挽留。

2014 年 10 月 12 日

红叶的速度入门

黑暗的记忆中，它自信如
每个坠落里都有半个偎依。
它并不担心那些小小的红色碎片
会被误解。但前提是，你必须踩上去。

你必须和悬崖做过邻居。
它有自己的尺度：世界不过是
秋天的插曲。它尊你的鞋为
伟大的乐器，在最底层兼顾了左右。

它飘向金风，飘向刺猬的粪便，
飘向玫瑰的左勾拳，飘向大地的孤独，
飘向狐狸犯罪的面孔；但最终
它会飘向生活中到底有多少生活。

2014 年 10 月 17 日

红柳丛书

热浪像两头警犬中
个头稍大的那一只。它耸立的耳朵里
藏着比闪电更快的鞭子。
但是很不幸,你已不再是鞭子的对象。

与热风留在沙丘上的格言相比,
鞭子是更原始的线索,它瞧不起影子的疤痕。
塔克拉玛干沙漠就很理解这一点。
不管你从哪个方向接近它,

塔克拉玛干沙漠都像金色的大筛子。
说起来,你的不幸很快就得到了补偿,
不知不觉中你已成为筛子的对象。
当你的身体起伏如高高的沙丘

跌入一个假象,你不必着急——
因为接下来,深渊比你聪明,死亡比你聪明,
虚无比你聪明,无底洞比你聪明,
上了发条的风景也比你聪明;

你要做的事情只是,继续从细枝上
开满红色的花雾,继续制作你的特效药,
继续把根扎得更深,更长,
祝福你。据说你扎下的最深的根可达三十八米。

2011 年 9 月

金胡杨林丛书

假如你能把你的生活带到那里，
你就会知道，荒凉也曾令浩瀚完美。

假如你能把人的生活也带到那里，
你会明白，荒凉不同于命运，它有自己的秘密。

它有惊人的秘密，不同于你心想
你要是早几年来就好了。

这遗憾，或者这沙暴，或者，这遗憾的沙暴
会席卷你和语言之间的麻木吗？

落叶已投你一票。荒凉，不止是表面现象；
完美的浩瀚也一样，只不过面积更大。

给荒凉一耳光,荒凉会纠正所有的真理。

给浩瀚一个吻,你会惊觉你并非只是一个过客。

2011 年 8 月

鹅耳枥丛书

神农山上仿佛只剩下神游。
虽只是擦肩,主客间
却不肯轻易委身于有人想单方面
表示他不过是过客;
毕竟一路上,山影切磋人影,
反复了好多遍。神似多于相似,
全靠这叶形秀丽的落叶乔木
无形中编织了我的不惑之惑。
没错,我的确说过,我最大的困惑是
我从未有过真正的困惑。
困惑于人形,几乎是一种
不必要的耻辱。困惑于世界
缺乏神秘的遗忘,至少
在我这里,不符合生命的逻辑。
困惑于虚无还不够过瘾,

这根本就经不起你我的推敲。
非常形象始于木质坚韧，
且树皮粗糙得像歌喉。
多好听的名字啊，即使本意并不指向
天鹅的耳朵，也没关系。
我敏感于天鹅，就好像
人不是我的标签。我的确这么想过，
万一它们耐旱的本性
在我们还没准备好的时候
试出了你我的真身，怎么办。
如此，茂密是它们的语言，
但没准，也是我们的方言。

——赠高春林

2013 年

源于琼花的烟花学丛书

在错认了无数株海棠之后,
我们终于来到了
看起来最像琼花的那棵树面前。
比丁香还丁香的影子中,我想到
一个词,蜜蜂就吃掉一个词——
它们像是刚打败了精灵,
甚至有办法吃掉我仅仅是想到
但还没说出口的词。
而进一步的辨认,像履行
必要的手续,但其实是
在小小花蕾尚未完全绽放之际,
仅从树的叶子,辨认它究竟是不是——
让我汹涌地想到:

你，在无形中似乎也曾这么
辨认过另一个我。

2014 年 4 月 13 日

百日红丛书

观赏性很强,但种植却从不普遍,
这就是你的命运。你的歌
是野鸽子的彩虹。我入迷得很晚,
但是毫无保留。对此,我感到十分骄傲。
我入迷,并且一旦入迷,就好像爱
已不足以构成一次跨越。
我想在最短的时间里缩短
我们之间的距离。为什么见到你之前,
我没想过我可以用这样的方式
抓紧我自己?我入迷,翘尾巴回敬
各种花样翻新的寂寞宇宙。
并且一旦入迷,我不记得还有什么东西是
比我们正使用着的语言更宽的鸿沟。
我开始有被羽毛爱上的感觉。
我想我会找到一种办法,把你给予我的友谊

再带回给你。我知道你从未听到过
斧子的声音。你并不因此而脆弱。
无论那些蠢货们对你说过什么,
我都愿意替他们向你道歉。
我单膝跪地,但愿藏在你背后的精灵们
能看见我。因为有时候,我更愿使用
清晰的姿态而不是绽放的语言。

2006年8月

注:百日红,也称紫薇。千屈菜科植物,落叶灌木或小乔木。

棣棠丛书

几只雀鸟帮我提炼日子,
它们冒出来,个头比麻雀大两倍,
三晃两晃,便像镜子里的
一阵阵紫烟,消失在开花的灌木中。
如果我没弄错:花呀草呀
醒目于不道德,甚至更极端——
轻浮于人不可貌相。过去是如此,
现在,也没什么本质的改观。
从北京到东京,按字面含义:
爱花意味着我要给我们的信仰
缝上一些新扣子。然后,解释说,
这外套很适合穿出去走走。
天气蛮不错,讲究一点的话,
千万别系扣子,就那么敞开着。
换句话说,和花花草草保持多大的距离

最能反映一个人是否可信。
我为我的怀疑感到真正的歉意。
或许，每件细小的事情都能酝酿
一次开始。我用人生做篮子，
练习插花，布置犀利的美妙，
同时，也很想挽留几份静物的真谛。
但是，正如你看到，每一种沉默
都被误解过。其中，沉默如花
被误解得最严重。尽管如此，
诗，依然没有迷惑于为诗一辩。

2006年5月东京

樱花丛书

从生与死的纠结中
它们提炼出这份美丽；
属于它们的，仿佛也会属于我们。
它们拥有美丽，就好像我们确曾有过前世。

的确值得羡慕，它们依然能勾起天真的疑惑。
它们漂亮吗？当然漂亮。它们能漂亮到很远的地方。
它们绚烂吗？当然绚烂。它们能绚烂到肌肤以内。
它们是礼物吗？绝对是，并且完全免费。

它们的花海几乎比海洋还盛大；
且走到哪里，都会半悬在你的头上。
那么，汹涌的，会是什么呢？
汹涌的花瓣将我的敏感变成了一种责任。

在它们面前，我们还有好多事情要做，
在它们面前，我们的无辜仿佛是可能的，
在它们面前，我们的解脱不可能是短暂的；
它们的春之舞里，人的孤独不缺少出色的舞伴。

2006年4月，2013年5月

野草丛书

遍布于碧绿的火焰,
它们悄悄集中了一个意志;
自然之手在伸向我们的过程中,
借语言的天真也点燃了它们。

它们的温度还不适于我们
把平底锅直接放在它们的肩上。
这些抽象的火焰只可用来
治疗生活的怪癖,且疗效模糊得

犹如爱的说明书。相比之下,
它们的邀请要好懂一些。
不难想象,它们曾从死者手中夺下
绝望的画笔。它们用它们的根

在黑暗中,在大地的另一面作画;
每一寸都不放过。它们捅破了季节的鞋底。
于是我们看到,绿色的自由被带到
我们的局限中。气息回荡,你还等什么呢。

2006 年 8 月,2012 年 4 月

暗香学丛书

上午,我活在梅花的左边,
我的命,活在我的右边。
我不想数,我见到梅花的次数——
我担心宇宙会给我穿小鞋。
我也不想数,一株蜡梅的枝杈上
究竟能绽放多少朵梅花。
我害怕一不留神,我会把命运数丢。

下午,早春的阳光像解开的细绳,
细得就好像另有一根绳子
正紧紧勒着时间之歌的脖子。
左边和右边全都不见了,
你站着的地方,不是太靠前就是太靠后。
所有的人都和梅花合过影了。
但是很奇怪,没有人想到,你要不要也照一张?

2013年3月1日

麒麟草丛书

一开始,又像以前那样,它们的名字
将我困在名字的迷宫中。你知道
它们叫什么草吗?十个人中有十五个人不知道。
但是,好玩在翻倍。寻找答案时,
我像是在克服一个心灵的风暴。

它们到底叫什么?一百个人中有九十九个不知道。
九十九个人,像是还没走出求爱的夜晚。
每个这样的夜晚都是一根钉子,更深地进入
或是又拔出了一点点。而那唯一告诉我
这些草叫什么名字的人,后来被证实

他的说法是错的。但是,你知道
我们最终会原谅语言的误会,

就好像语言曾原谅我们发明了它。
最正确的叫法往往靠不住,但是你
叫它们麒麟草时,却很形象——

这意味着,每个生动的名字后面
都有一个经得起历史磨损的故事。
比如,我比我古老。而你比我更古老。
这些草比你我还古老。它们的名字得益于
麒麟身上的粗毛。但是德国人或罗马人见过麒麟吗?

麒麟不希腊,怎么办?
眼见为实不启发死结,怎么办?
这个秋天的这个注脚,美丽的现场
再三委婉于安静。沉睡了一个夏天之后,
形象的皮毛不见了。清新的变形,

它们伸出的黄色手指,扎着堆,
在山坡上,在河谷里格外醒目。
它们的手指一直向天空伸去,

随阵风摇摆，它们的抚摸低调着秋天的温柔，
它们摸着我们用肉眼看不见的那只动物。

2011 年 9 月

木荷协会

路过时,它已高大在
香樟的旁边;姿态美观于
反过来叫它荷木,也不会妨碍
一旦浓烟肆虐,它既能阻隔地表火,
也能死死拖延林冠的火势。

回到原处,它依然耸立在
最初的印象中,就好像
你只要再努把力,我们的风景
就会把迷宫彻底过滤成
存在本身的一个幻觉。

它致力于生命的顿悟
完全可以从任何一个细节
重新开始:粗壮的花梗

令雄蕊多到你想起小时候
你曾爬到十五米高的树干上去赌

鸟巢里到底有没有鸟蛋；
种子可爱于肾形，翘意明显到
假如在大地的黑暗中
真的存在一个自由，美妙地做爱
就不啻是以毒攻毒。

据野史记载，过去的山民
曾将它的茎皮碾磨成粉末，
用温火熬制绝杀的小秘密，
涂抹在锋利的箭镞上，去追赶
如今早在华南绝迹的老虎。

2005年7月

月桂协会

乌黑的小浆果令罗马人迷信
我们可以凭借它摆脱
对荒原狼的恐惧。甚至好梦里
有多少好运也取决于你
是否愿意尝试把它的长叶
放到枕头下。仔细端详,
淡淡的天香原来也可以出自
乳黄色的花朵即将在
沸腾的茶汤里促进
胆汁的分泌。这么多线索
都集中于它的萃取物
曾让你按摩到陌生人身上的神:
诗,怎么可能不是秘方?
医神阿波罗甚至相信

用它多发汗,生活的冷酷

不过是我们身上的一团细菌。

2003 年 8 月

山茱萸协会

菖蒲的左边,疾病的隐喻
已开始出现斑斑锈迹;荒野中
有最痛的思念,神秘你
在这些美丽的小乔木的呼吸里
用永恒的轮回插过一次队。

致歉一圈后,将它排在
艾草的前面还是艾草的后面,
很考验你有没有想象过
世界之根。一个选择已不容回避:
老枝上有更红艳的果实,丰饶你

将它们混入枸杞后,又把宇宙的影子
慢慢加热了十分钟;新枝上的
意思没那么绕,明显到那木叶的

异香用一个锦囊封闭后,
异乡的不适感已被消除了一多半。

没什么不好意思的。就粗细而言,
它的枝条的确容易脆断,
但只要你佩戴或摆放得足够礼貌,
它就能将你完美地稀释在
由古老的风俗发动的一个缓冲中。

2005年10月11日

黑眼菊,或雌雄同体协会

> 诗能改变我对死亡的领悟
> ——玛格丽特·尤瑟纳尔

一个人的孤独将会是
他的出发点。帕斯卡给心灵之花
写信时,只有大雁的叫声
才能让他停下来;在三秒钟和十秒钟之间,
那意味着神思有过一片空白。
一个人不一定非得把握到
太阳的脉搏,才能听清
月亮的心跳。如果你读过
益母草的花萼写给小蜜蜂的信,
你很难不被触动,就好像
那意味着自然的信任
比心灵有着更美的结构;

如果你读过南瓜花的柱头写给
蚂蚁的信；那份叮咛
在将世界的耻辱渗透之后
仍能传递出甜蜜的回声，
你的共鸣难道就没受到过一点启发？
如果时间的神经也会
在命运的诡异中动摇过，而你
的确曾在岁月的漫长中
抽出过五分钟，用于阅读
金光菊的头状花序写给
蝴蝶的密信，你怎么会怀疑
我不可能是你。

2004年5月，2005年9月

橄榄树协会

吹向它的风都将被女人的歌声
编入远方的绿色发辫；
但那时我还年少，不知道齐豫的嗓音
多折叠几下，重新支起来时
也可以像金色的梯子。

更早些时候，青春的轨迹已被密集的格言
扳过道岔，就像地理老师说的——
你们的生活已变成投篮。
因为身高太明显，我当然渴望
我不会轻易就输给投篮；

而那回荡在耳畔的歌声
就如同私自配制的一把钥匙，
让它远远看去，完胜南方的橡树

或北方的梧桐：少年的圣树；
不仅如此，那些发辫中的一根

有一天突然像从峭壁上扔下的绳索；
恍惚之际，它已把我吊起来，
吊向我的第一个非理性的质疑：
假如没有空想主义，我的成熟
会不会被它的小白花缩短得

像透明的液体黄金。
我的本能肯定被它粗糙的树皮惹毛过，
而它的芳香又是我的年龄的弹簧：
轻轻一按，我的飞翔
就会在它的枝条间找回全部的翅骨。

1999年11月，2002年6月

红皮桦协会

> 我栖居于可能性
> ——艾米莉·狄金森

几乎从不单独存在,
在俏皮的阴影中感觉到
彼此的依存;此后时光的流逝
对它们来说再也构不成
一丝忧虑;它们的小秘密
不仅仅是那涩甜的树液
是可以喝的;就喜人的长势看,
它们比山毛榉树更积极于
以美丽的远山为边界,
等待你走出我们的迷宫;
五百年,不算长。千年一回
也犯不着去跟奇迹撒娇;

它们的真相有赖于一次奇妙的赋予，
有点像混交在一起的善恶
将在它们高直的树干上
像开裂的鳞皮一样起皱，
并随风脱落；它们不想吓唬你，
但时间紧迫的话，人间的深邃，
也才只是将它们一半的礼物
呈现在寂静的秋天的光照下。
它们从不会误解你的情感，
就好像野狼会在它们的树根上撒尿，
而你发誓说，你不会。

2005年9月，2007年3月

桑葚广场

蜗牛的桑椹之歌,
除了你,仿佛没有人听过。
它很难归类,不同于现实中
有这么多超现实的小手腕。
它倾心于生活的寂静
是一场惊心的埋伏。
只有模糊的背景音乐
还算宽厚,严格于模糊的本意,
绝不挑剔它的哑巴风格。
在它之前,那听上去很熟悉的东西
也很难归类,即使你建议它
应该像长椅上无人认领的帽子里
又扔进了几枚硬币。
乞讨者的尊严看上去也很模糊,
甚至不依赖于时间的荒谬。

乞讨者不要你手里的桑椹，
他只想听到硬币之歌。
乞讨者的衣服上印有一只蜗牛。
你一边照相，一边咀嚼桑葚；
你看上去好像一点也不介意
落日的底片上也有一只蜗牛。

2014年6月24日

以紫薇为路标

柿子泛着青黄,它们的弯枝
为时间的粗心挽回了
一点面子。野猫的头顶,
南瓜花正牵手丝瓜花,
煽动金黄的舞蹈。猛然间,
我不觉得我们是不是主人
真有那么重要。荒芜之中
仿佛有一首走调的颂歌。
听不惯,我才觉得有必要
反省一下,我们不一定非得
自认是过客,才能进入
他们为我们裁好的角色。
必经之路,刚拆迁过的大片土地,
尽管砌了围墙,却有很多豁口;
匆忙的一瞥中,电线杆倾斜,

丛生的杂草比邻历史的羞涩；
唯有一只麻雀趴在疲软的电线上
像是在专心减轻这世界的重量。
九月过半，紫薇花依然绽开，
甚至粉红的月季，也没输给
大地的松弛。走到这一步，
事情好像已很明显了：其实，
我们也不一定非要知道，
反方向行走，忘我是如何可能的。

1999 年 8 月

黄栌

心灵的距离奇妙
你我的远近。大雁南飞,
比起十年前,更指向浩渺最准时。

深山的深处,浅显一个大道理
偶然也会显得好简单:
万物之中,唯有它和你同姓;

唯有它的树叶变红时,
爱的记忆会像慢慢燃烧的火焰。
因为它,我们既是看客,

也是过客;而这混淆的主体性
并未妨碍到衬托它的背景中
蔚蓝比永恒更悬念;

为什么我会有这样的印象——
深山像陡峭的基座，
寂静如无形的纪念碑；

而它守在原处，挺立在小乔木的坚韧中，
将原处和远处统一在
宇宙的回声中——

就好像它最深的触须
不是扎根在倾斜的泥土里
而是扎根在我们的青春之歌中。

1994年11月，1995年9月

咏物诗

窗台上摆放着三颗松塔。
每颗松塔的大小
几乎完全相同,
不过,颜色却有深有浅。

每颗松塔都比我握紧的拳头
要大上不止一轮。
但我并不感到难堪,我已看出
我的拳头也是一座宝塔。

颜色深的松塔是
今年才从树上掉下的,
颜色浅的,我不便作出判断,
但我知道,它还没有浅过时间之灰。

我也知道松鼠
是如何从那浅色中获得启发
而制作它们的小皮衣的。
浅,曾经是秘诀,现在仍然是。

每颗松塔都有自己的来历,
不过,其中也有一小部分
属于来历不明。诗,也是如此。
并且,诗,不会窒息于这样的悖论。

而我正写着的诗,暗恋上
松塔那层次分明的结构——
它要求带它去看我拣拾松塔的地方,
它要求回到红松的树巅。

2001年9月

香樟树下

不知不觉,耸立的塔
已经被替换。
挖掘机驶过冒烟的拐角。

在那个位置上,
距离被缩短的意思是,
自然,离你中有我更近。

起伏来自半空,
街道因头顶有鸽群
盘旋而悠长;

流水努力流向
一个背景,向东还是向右,
并不妨碍树阴里的

道德几乎从未输给

人世的恍惚。有没有想过，

被绳子吊起过的

迷途，其实也可以

像过于低垂的树枝一样

在膝盖上被折断。

正好就有两个主题

也需要分成两截

来重新处理：在祈求

得到更多的时间之前，

人的主要问题一直就是

使用好你的渺小，利用好你的孤独。

1996年5月，1997年4月

香椿
——为舒炜而作

那是鸟的飞翔从我们的记忆中
扶起的形象。而眨巴眼睛
所能证实的,也不过是浅出已经到头了。

当然,深入并不意味着收获;
深入只是像有人在秘密播种,顺便
活动一下胳膊。那是他的树。

而他已经又有六年没有上树了。
他找不到更好的理由。
那是他的形象问题。大多数时候

他会像你一样赞同日子像水流;
这赞同,或者这附和,只是
小小的让步。但也同时注解了没退步。

偶尔，准确地说，是有时
他会突然觉得日子你一本租来的
快要到期的书中还没有翻开的页码。

这恐惧，或者这小小的奇痒，
像补不完的衣洞。除了生命线
他想，一定还有别的办法。

他放下家传的骨针，并脱下制服，
他又一次爬上了他的树。很快
那些树叶被风吹动时像绿色的羽毛。

现在我可以解释那只鸟了……
他开始像只猫头鹰似的打量起
周围的一切。那是他的未来。

1998年1月

水杉

她的每一个生日都是
在树的背后度过的。
开始时是小树,后来是大树。
自从我认出她以后一直是这样。

她的心愿?噢?当然
十天前,我的确看见
她像给别人买礼物似的
从百货商店拎出一小包东西。

和她接过吻的人私下说
她吹灭蜡烛的样子
就像是在演奏一支安魂曲。
而更猛烈的风则会接过去,替她吹

天边的乌云。她的左手
像是握有什么宝贝似的紧攥着。
她的右脚则在踢树叶,仿佛它们
是写过字的纸条。她的心愿窸窣

作响,让惊飞的鸟飞得更缥缈。
这是当然的:一些事迹
只能在远方由号角来控制音量,
就仿佛签过合同似的。

她希望她这辈子能遇到的最好的男人
像一株树。有猫头鹰
像只宠物似的藏在枝叶的腋下。
最近,她的想法似乎更具体了。

而我以为她照得最好的一张相
是以水杉为背景拍下的。
那也是她第一次站在树的前方:
微翘下巴,面对着镜头。

并不是哪里都有水杉……
她解释着:"我那时正在通往
扬州的路上。"一个虚构的男友
让她的秘密慢慢变成了内心的享受。

1997 年 12 月

铁杉

将它从柳杉和冷杉中
明确分辨出来,我差不多
花费了十年时间;
其中有过几次反复,
但最终那些疑惑的瞬间
也被作为乐趣多于教训
收藏在个人的烙印中;

高大的树身像一座正在闭气的塔。
硕大的果球落下时,有人会中奖;
假如在岔路口面对两条路时
所做的选择是正确的,
那么,美丽的铁在哪儿?
伸手之际,我下意识的举动
会不会被命运的小动作所利用?

敲起来硬邦邦的。
坚持下去,那咚咚的声响
虽然一开始确实很像
鼓点的回音,但随着暮色
渐渐加深,它听上去会越来越像
一道从未被触碰过的窄门
颤抖在大地的摇晃中。

1997年9月

冬青

迎着冬天的落日的
慢跑者,它记得你的步伐;
脚尖点地时,它犹如皮革的绿叶
会跟着轻轻颤动。可爱的反光,
任何时候,都像一次未遂的哺育;
除非你默认精灵曾躲在
常绿灌木的后面,像刚刚偷食过
那些鲜红的浆果的山雀一样好奇
我们的顽强似乎得到过
自然的暗示,至少在它身上
体现得更符合性格的神话。
如果用镜头去捕捉,四周的环境
常常显得恶劣,但它像
一道密不透风的树篱,在北风
和虚妄之间做出了选择。

从不知道什么叫凋零,它的祝福
像是从命运的风口处
收集到的弹簧;哪怕只是用手
轻轻一触,记忆的反弹
也会将你的背影反扣在霞光的冰裂里。

2001 年 12 月

风中的树

很容易就同舞蹈联系起来
很容易就被当作观看的对象
但实际上只有火急的消息才能被传递

很容易显得坚韧
因为尽管肆虐,风却没有根
并且总有停歇的时候

很容易显得坚韧
因为尽管肆虐,风却没有根
并且总有停歇的时候

很容易被移植到绘画中
因为在那里,天空永远是一个配角
一些事物频繁地被暗示

但摇摆却从未得到一丝领悟
很容易让人联想到惩罚
也很容易指出这只是自然现象

很容易就用不着感谢神明
似乎它已能巧妙地同四季周旋
像应付四个性格迥异的情人

很容易令观看变得单调
进而令修辞肆无忌惮
说它像一根正确的指挥棒

用交响乐取代了战争的尾声
很容易就被摄入镜头
但要把它挂在美术馆,却事关重大

很容易被赋予过多的意义
它似乎能减轻我们所必须忍受的事情
让孩子们的脸转向怜悯

并令润肤霜看上去有点多余
很容易提醒我们要重视
设身处地，毕竟变形记尚未结束

此外，也很容易便能看出
它抖得这么厉害，很可能
并不是因为风越刮越紧

而是树下埋着一个被寻找多年的
失踪者，他偶然翻身
使我们的集体无意识失去了平衡

1993 年 11 月

椿树之死
——为袁庄而作

像是为了让我习惯某种事物似的

椿树死了

它是离我的窗口最近的一棵树

近得像我的眼睫

在我的唇上洒下阴凉

我的窗外曾有一片完美的林子

梅树、枣树、桃树布置着

想象的花园。刺槐、白杨

梧桐和活着时的椿树

是挺拔在生活边缘的精神的防护林

当风穿透这些树时

我喜欢用大木桶

接住它们在耳边的沙沙鸣响

而当我拎起木桶

会感到自己像是在偏僻的山脚下

如果还有风,还有木桶

还有沙沙鸣响

被像水那样接住、畅饮

这里面可融汇有它的声音

就在四月初,我还见过

它紫灰色的枝丫上

吐出新芽,像往年一样

我还动过某种念头

我对朋友们许诺:等那些新芽

再长大些,就可用竹竿打下

和新鲜鸡蛋新鲜地炒在一起

制造一起美味事件

这是我的拿手菜。而现在看着它的样子

我想我最终也不过是另一个更有名的厨师

——死神的拿手菜之一

它死了

可是,一抬眼,它还在那里

还像其他的树那样挺拔

带着从光线里偷来的神态

植物的死亡一旦触动人性

就不再真实

此刻在那些 V 形枝丫上

替代一片树叶的，是几只麻雀

如果曾有一把斧子

用来对付春天，那么它就是一道

利索的斧痕。如果一切发生在冬天

我也许根本就看不出来，或者

我惊愕的面容会被其他情感所代替

但现在是夏天，我惊愕的面容

将保留一段日子：没什么东西能取代它

1990 年 6 月

玉兰树

再不会有其他火焰高过
树枝里孤独的烛火
在烛光以外
北方的松柏常年立如兵俑
它们神色麻木
仿佛有一半形体
已埋入另一个世界的白昼

而那烛火永远不会再摇曳
它熄灭时,是一匹蒙古马
在灰暗的树干前耸立的那种寂静
它燃烧时:无限春光
自荒野返回到人们的内心
没有多余的声响
像做梦的大风筝升起在深夜

1986 年

房屋与梅树

毕竟存在过那样的时刻
房间里的女人还很年轻
她站立不动在四月的窗前
瘦削的双肩栖落两只白鸽

其实很可能并没有白鸽
而是她那花枝般的姿态
让我们感到露水滋润的安宁
血液凝结就像暗红的辣肠

那些梅花繁星般饱满
把春天最初的盛开移近她的面庞
甚至通过她鲜明的凝神注目
构成那房间里最深湛的秘密

1984 年

卷三

黑枸杞简史
——仿杜牧

光梦见雪崩,还不够,
还不足以让它的颜色
如此绝密到必须用纯粹的蛇眼黑
才能解决我们的误区;

一只边境犬陷入沼泽,
情况危险得犹如浑浊的水
即将没过邻家女孩白皙的脖子——
你只有梦见这一幕,

它的深黑才会胜过死亡的纯黑,
并开始显出微妙的青蓝色。
如果不嫌它抛下的救生圈
太小的话,你会救出那条狗的。

有点遗憾的是，你遇到它之前，
你已不再年轻。但它会设法安慰
你的心跳，犹如美丽的伴舞，
那小小的黑舞鞋会激烈地旋转，

将你带出神经战的尽头。
咀嚼时，画眉的口粮中缺少的
那一部分，会将你的道德感
悬挂成一面新的镜子。

2021年2月21日

杏仁简史

据说，宇宙中每一样事物
都有固定的总数；
死去的人和未出生的人
尽管面目模糊，但不改变
人作为一个总数；

宿命论者这样说，
无非是想告诫我们——
对付发疯的世界，没有什么
比灰烬更有效；或许
灰烬才是真相。

但我总觉得，这简直
像一次诱骗：既是对结局的出卖，
也是对灵魂的降低。

什么是疯狂，其实和发疯的
次数，是很难分开的。

擦去桌面上的灰尘，
从瓶子里倒出杏仁，
仔细点数，这是保罗·策兰
去黑森林拜访海德格尔
返回巴黎后干过的事。

一开始，和大伙一样，
我以为杏仁是可以数清楚的；
深藏在杏仁里的苦涩
则不容易数清楚。但真相很可能是，
那几粒杏仁从来就没人数对过。

2021年1月15日

罗汉果简史

对疾病的隐喻说不。
藤蔓植物的果实中唯有
它的听力最出色,唯有它的耳朵
像一个可爱的小球;
隔着重山,它也能听见宇宙深处
最孤独的咳嗽。别担心,
虽然没穿着白大褂,但它会
用自己的方式找到你的。
在它发现你之前,你也不妨
主动一点;比如,你的孤独也可以是
一颗有着黄褐色绒毛的果球。
南方的阳光孕育了
它的欢爱。如果我们身上
确有和它相同的地方,
性格首先必须压倒性地

构成命运的琴弦。多么巧合，
它也喜欢攀援；如果你
搭起的支架确曾倚着
神秘的感恩，它招展的心形叶
会像遮天蔽日的绿蝴蝶
朝你飞去。还愣着干嘛！
去啊。去捉一只会飞的鸡，
和它一起炖，直到神仙大汗淋漓。

——赠阿翔

2021 年 2 月 25 日

蒲公英简史

最新的医学研究表明:
春天的蒲公英内含不明毒素,
如果误食,将对人体内脏
造成不可逆的严重损害——
每当阳春时节,目睹大大小小的绿地上
有貌似热爱养生的人身形扭曲,
揪采刚萌芽的蒲公英时,
我都会萌生一股强烈的冲动:
将诗人的谣言混淆成一个伟大的消息;
然后像这样,抬起手指,
轻轻一按,有东西便像神秘的种子一样
播撒开去,比子弹更快,
比冲击波的后果更面目全非;
夹杂中,诗的信号没准还会共振于
神圣的戒律。快乐的想象中,

虚构的世界里，多少真实的心跳
将令冷血突然加速；把天窗也打开的话，
唰唰滴落之后，豆大的冷汗
甚至已溢出金盆的边沿。
虽然没法确定，靠诗人的谣言
来拯救的好东西，效果究竟有多大；
但毕竟，作为一种延迟，
我能清晰地透视到，无名的角落里
确实有不止一大片蒲公英
可爱地，活过了人类的夏天。

  ——赠车延高

2019 年 3 月 31 日

柴胡简史

小碎花很黄，只开在
七月的坡地上；圆锥花序
本来就已迷人到非常，
清风再卷入角色不分彼此的话，
青紫色草茎更是细长得
足以令你倾倒；一点都不夸张，
双膝触地时，你的眉毛
差一点碰到长着赤毛的芦头。
放心吧，我会替你保守
这个秘密的，假如这秘密
的确意味着你想从宿根草本植物身上
打开一个缺口，将神农的偏爱
重新炮制成心性的复原。
采挖我的人，不见得都知道
地薰和狭叶柴胡的区别，

但我能感觉到,你已努力捕捉过
埋伏我身上的爱的偏见。
我讨厌命运,尤其厌恶
人越来越粗糙于命运的借口;
我也讨厌绝望,讨厌人
常常忽略你和草木之间的对比;
动动手,真的就那么难吗?
我从不隐瞒我就是
一个全新的生活起点:
将杂质拣除,将泥沙洗去,
充分浸润后,细片必须切得
对得起你曾用过的猎刀;
文火小炒,再撒上点新鲜的鳖血——
环环相扣到这一步,你还会在乎
人生的意义有点可疑吗?

2019 年 11 月 27 日

桑叶简史

刚刚下过春雨,居然有
这么巧的事,仅仅凭印象,
清新就比时间还唯物,
以至于天真和大地的关系
如何起色,全得看
空气的脸色。谁说鸟鸣
就不能入药,从它们的召唤中
我们知道,爱需要营养
就好像那些被吃掉的小虫子
怎么数,都数不过来。
还是从自然的印象中获得的
灵感,最精通如何忘我:
凑近,微微俯身,突然的惊喜
突然得就好像我们之中
有人从未翻过生活的底牌;

更突然的，揪着锯齿形边缘，
你这样介绍我：瞧，
这就是小时候我们养蚕时
采过的桑叶。我并不记得
有过这样的事情，但说实话，
比起变态昆虫的咀嚼，
我突然开始有点喜欢我的前身
常常被人类的时间弄混。

2019年4月21日

莴笋简史

削去粗糙的硬皮，
苏醒的翡翠从植物那里借到
一根意味深长的棍棒；稍微使点劲，
就能握出一把晶莹的露水，
但这还不是重点；重点在于
你的真面目好到什么程度，
它就可以试出来。当年我读康德读得
有点搁浅时，我就会在金牛座旁边
放上一盘香喷喷的莴笋炒腊肉；
那袅娜的热气仿佛能融化
最缠绕的措辞，思想的火花
又开始发出原始的闪烁，
原本倾斜的天平也渐渐恢复平衡。
这么好吃，我才不心虚呢；
几乎和康德同一天出生的

莎士比亚要是吃过莴笋炒腊肉，
也会讲真话的。如今已很常见，
但它从未辜负过好物；
而你是否辜负过好事，
它只能帮你到你切丝的手艺
确实也曾让腊肉鲜亮欲滴。
当然，将它和鸭块煲成老汤，
也算是对事后有所交代；
但重点依旧是，它是你的
拿手菜，它从未怀疑过你的口味
会偏离它对微辣的腊肉
怀有一个固执的信仰；
而且将它顺纹理切成片时，
整个世界突然会矮下去一大截，
怎么解释都没有用。

2016年5月，2021年1月

荸荠简史

上半场,像是看见过
抡圆的铁棍将一个小球
重重地击向铅灰色的半空,
它将自己的小圆脸深埋在
腊月的塘田中,利用因天寒而
慢慢紧缩的泥土,迎接最后的成熟。
不难想象,它的挣扎曾端正过
怎样的生机:那阴冷的黑暗中,
原本并没有多少空间
是给它预留的;它必须鼓起
清脆的勇气,从洁白的内部
膨胀一个多汁的自我,
才能将挤压它的巨大的蛮力
一点一点向后推去。
下半场,开始轮到它好奇

人的游戏还有没有办法
让它彻底显灵；你报上大名，
然后沿用从母亲手中
传下来的老法子，用美丽的文火
将它和百合，枸杞，滩枣，铁皮枫斗
熬成连鸡的影子都飞不进去的浓汤。
连沸腾的泡沫都有点忍不住了，
你就直说吧，你是打算先治心病呢，
还是想先润润危险的沉默。

2019 年 12 月 19 日

香料简史

已极度变形,干枯成
深棕色的小碎块,或淡绿色的
茬梗,但说到自动安静,
它们绝不会输给
偷来的,吊坠或钻戒;

换一个角度,产地遥远如
不是马来西亚,便是巴西;
植物的面目已全非,
但淡淡的幽香却犹如经久的
潮汐朝你持续涌来,

就好像它们只能以你为
最后的海岸。而真正的好感
不会这么简单。即使付过

那些钞票,你也不是它们的主人,
你顶多是临时的保管者;

你的仓库就那么合格吗?
每年要用勾兑的良知
涂抹几次,才算完成了消毒?
它们年份的秘密里确实另有
生命的密码;但你能保证

你的兴趣会一直延续到
它们无声的呐喊
终于在你拧开瓶盖的动作中得到了
一次准确的反应:够啦。
请放我们从这些瓶子里出去。

2018年6月,2021年1月

草莓简史

依然摆放在老地方,
和其他待出售的果品没什么两样;
却注定要在生活的记忆中
埋下只属于它的元宵节线索。

鲜美的心形不会轻易
就屈服于瘟毒的飘忽不定;
世界的能见度已低得
不能再低,却遮不住它的嫩肉

早被它里面的果汁宠坏了——
只要吃进去,维生素 A 就会转化成
一场没有硝烟的吸收大战,
将邪毒从你的脏腑里缓缓排除。

甚至像动脉粥样硬化
这样的世界性难题,
它也愿意随手代劳一番——
前提是,即使周围有鬼门关移动,

你也能根据果肉的中空情形,
鉴别出它是否打过激素。
天生的喜形,仿佛能将人间悲剧
永远绝缘在它可爱的外观之外;

但最近武汉传出的一个特例表明:
封城以来,一个人始终坚持自行隔离,
确诊后才意识到,他将会死于
仅仅下楼买过一次草莓。

2020 年 2 月 20 日

尖椒简史

冲洗的时间已比平常

多出五倍:哗哗的水柱

流向疫情心理学的一个角度——

看上去它们已非常干净,

如同春之祭里翘起的绿拇指;

但拧紧龙头时,我的目光

仿佛仍停留在一个下意识里:

即使冲洗一百遍,恐怕也难以保证

这茄科植物的表面就绝对没有

新冠病毒的附着。往年的惊蛰,

惯常的做法是:将它们和黄瓜洋葱一起

切成细丝,拌上鲜薄荷

或香菜,再用滴了醋的芝麻油

将有点清高的橄榄油拖进

一片地道的浑浊,春天的第一个记忆

就这样在内心的戏剧里完成了。
算不上仪式的仪式,如果涉及秘诀,
顶多也就和特别的口感有关:
还没怎么动筷子呢,荷尔蒙
已开始加速分泌。但是今年,
我必须给世界顶级专家们到现在
也没完全弄清楚的新冠病毒
一个诗歌的面子:我必须用高火,
冒烟的热油,让被凉拌宠坏的
尖椒,也爆发出一阵新的尖叫。

2020 年 3 月 5 日

萌芽简史

世界之谜仿佛已失算，
解冻的泥土用不断扩大的面积
取代了梦的情绪。天气里
有太多的消息，甚至离别
也开始共谋黄昏即拐点……
但都比不过细雨像梳子，
从上而下将北风的方向
和情感的方向拢合在一起；
你仿佛仍有机会面对
一个人的秘密：俯身一看，
泅湿不仅仅是痕迹，更出自
经验之歌。只要炒过鸡蛋西红柿，
你就是厨师；只要还没忘
在三月给虎尾兰翻盆，
你就是园丁；只要润色过

一行诗，你就是词语的拳击手；
只要泡过蒲公英，在你面前，
死神也没法否认他刚刚喝过中药；
只要揉过太阳穴，你就是按摩师。
真的就没有特效药吗？会不会
省略的中间环节越多，
跳跃就越真容：只要还没醉，
你就是饮者；把可爱的名字和名次
都留给芦荟和绿萝的新芽吧——
就好像这是头一回，你拒绝了
永恒的诱惑，在美丽人生中
如同回放一般，感到了永恒的快乐。

2020 年 3 月 10 日

薏米简史

出身于雌雄同株,但成熟的秘密
则和人类唱反调;风媒还没出场呢,
柔韧的茎秆上,雄花已先成熟,
雌花的成熟则要晚上一阵子;
而一旦你把手心朝上,所有的子实

就都统一在可爱的卵形中,
令你雌雄莫辨。移动中,
它们发出的声音,虽然有点生硬,
但清晰得就像外面罩着一层布,
钻石的嘴唇还是碰到了昆仑玉的额头。

它们的骄傲,也许并未特别针对
人类的粗心,但效果很明显——
打算不花时间,随便煮一煮,

就将它们的菁华完全吸收进脾胃,
这样的草率,不啻是对天物的践踏。

你必须重新反思人的手心
是如何朝上的:而沐浴在
早春的熹微中,虽然外观
差得有点远,但骨子里
它们绝对不会输给掌上明珠。

甚至假如你反思得非常到位,
它们就是掌上明珠。从左手倒到右手,
哗哗的响动仿佛可令时光倒流;
甚至人生的愉悦都可能来自你每天
都能从一把薏仁里挑出几个小坏蛋。

2019年3月1日

白果简史

同样微苦,但杏仁的苦涩
毕竟还算通俗;勾起的回忆里
仿佛有一个刻苦的角色
只有经过特别的咀嚼,
才能演好它在我们的肺腑中
起到的益气作用;而白果的微苦
则偏僻于它喜欢揪着
几乎很少听说过的黄酮甙不放。

来自风俗的警告甚至严厉到
它的好处必须局限在每天
最多不要超过十颗。不听的话,
耳边风会怎么平息内心的疑惑呢——
难道我的危险是我的剂量?
需要解释时,我假装并不迷信

它的胶质性感得就如同
我确信你见过大象眨眼睛；

我感兴趣的是，作为流传在
生活的秘密中的一个记忆，
它的毒性充满了神秘的善意，
甚至对文盲都是公开的；
而轮到你时，游戏的兴致
发生了一点变化：你总是猜不对
我攥着的手心里究竟有几粒白果。
有那么一刻，我觉得你是故意的。

2019年3月3日

孕蕾期简史

向北飞去的候鸟

从风筝的影子里提取了

一笔拆迁费,留下了

生锈的铁桶和蒙尘的风铃;

甚至角落里弃置的走马灯,

也在放大一次告别,一点也不像

粗活里有一个痛快,但普遍性很差;

扎根扎得好不好,好像也很类似。

而我们要做的只是,掸去灰尘,

擦洗旧物,直到铁桶的乐观主义

从你晃动的身体里摇出

一头休眠的大熊;怎么变形,

都嗅不够;无形的沁润中,

心脾慢慢膨胀,像边境线上的界碑。

如果你不曾估算出四月的蜜蜂

从旁边的花蕊里减轻了

多少甜蜜的重量,新枝上的

新芽又怎么会新颖到

你是大地的魔术,只要闭上眼睛,

白头鹎的捕食量,便像一个踢出的球

旋转着,飞向蝴蝶的影子。

2020 年 5 月 7 日

郁闭度简史

"发明那个内在的人"
　　——罗伯特·穆齐尔

听着很陌生,但世界
不是被吓大的,不可能
总笼罩在沉沉的阴影中;
所以,和你相关的部分只能是
人之树作为一个远景,
可瞭望的对象,曾耸立在
人性的复杂中。且作为一个事实,
无论核酸检测的结果如何,
你都无法否认我们曾去过那里——
一个比最奇怪的梦还幽深的地方;
每侧下身,都会有高大的乔木
在你的深呼吸中矫正

秘密的时间。垂直投射，
阴影叠加着阴影，像是有
一个原始的风度只能靠
这样的方式来保持，以便风
从历史的疲倦中返回时，
会有一个规模同样的巢穴
在等待它。而你已长大，
至少从精神风貌上，不输于
那些榜样的力量；如此，
再浓密的树冠，也不过是一顶帽子。

2016年10月11日，2020年6月17日

记忆之花简史

视野之内,并无小麦倒向
生锈的水泵;替身很多,只是丁香
不知道如何灌浆。再远一点,
飞动的白云白得像是要将自己
白白地送进蔚蓝的坟墓。

大地已非常绿野,等待着
一次神秘的出售。手头紧的话,
仙踪倒是很捷径。信使的面目
最近有点模糊;敢不敢赌
蒲公英附近,蝴蝶比天使更轻盈?

要么就谦虚一点,不过度琢磨
灵视是否秘诀;像风对待
命运那样接受:六月的蝴蝶

能带回更多的文字,就好像另一个世界
并非仅仅以我们为此岸。

更清晰的,垂柳从生死疲劳中
撑开一片阴影,才不简单于
取景即取经呢。更何况记忆之花
完成受精后,你身上
像是挂满了无形的籽粒。

2020年6月7日

以尚未长开就被摘走的苇叶为现场入门

多么漂亮的苇叶,但前提是
它们已与细长的茎秆分离;
多么葱绿的身段,但前提是
经过挑选,它们已被揪下,
握在他人的手里。它们已没有机会
等到它们长得再宽大一点。
多么风俗的结局,但前提是
用它们包好的美味的粽子
不会像包子那样,打在野狗的身上。
多么偶然的目击,尖尖的青叶
依然颤动在暮春的细风中,
就好像它们找到了新的依托,
将采摘者的人体当成了更粗野的茎秆。
每一个扯动都曾触及隐秘的
生命的疼痛,你却只能想象

而无法体会。多么迂回的仁慈,
但前提是,它们失去的植物记忆
仿佛能在诗的神秘中得到完全的恢复。

2018 年 5 月 9 日

韭菜简史

每次见到，它们看上去都像
完成过不可能的使命似的：
腰身纤细，绿得令翡翠
都有点嫉妒宿根植物的灵性；
但挥舞的次数太多了，
以至于稍稍一变形，比镰刀更漂亮的
影像剪辑，就会限制它们的想象力。

再也难找比它们更完美的配角，
根须发达，生机岂止
气质到勃勃；就好像有些草木
生来就属于真理，只要埋进土里，
上帝的错觉就有点难为情
怎么会有好东西
宿命宿到这份上；

甚至和我们有关的，
梦的颜色也开始被感染，
越来越受到它们的绿色情绪影响；
但说句公道话，那些空蛋壳的心眼
确实没白偏，它们的口感始终很稳定，
过硬得犹如香喷喷猜对过：大海
在什么情况下才会令石头枯烂。

2020年6月3日

荠菜简史

左手提皱巴巴的塑料袋，
右手握着小铲子；头戴的遮阳帽
像是刚抖落掉半斤火山灰——
一点都不夸张，开春不到十天，
小小的燕园里，她已是我见到过的
第一百六十四个挖野菜的人。
五十出头，但下手很准；
要是体力允许的话，所到之处，
绝对够得上，一个都不放过。
可怜的荠菜，可怜的蒲公英，
刚梦见春回大地，还未完全醒过神，
就被连根铲除；紧接着，憋屈在
丑陋的塑料袋里，不知被带向何方。
在她之前，另一个挖蒲公英的老人
甚至将他的魔铲伸到我的窗户根下；

看他挖得起劲，我推开玻璃，
将幽暗的抱怨混淆在搭讪里问道：
就不能等它们长得再大点，再挖吗？
他的回复很有代表性：和十年前毫无差别：
再大点，就被别人挖走了。
他的行为介于休闲和劳作之间，
他的竞争者，比拟人的麻雀还多；
他弯腰，蹲下，和一只山羊转身，低头，
仿佛有很大的区别；但其中的
一些界限已模糊得令人吃惊。
和荠菜的命运相比，他是幸运的；
阻止他的力量几乎不存在。
虽然不是野地，但不可能指望
他或她，挥舞小铁铲的地方
会竖起一块牌子：禁止挖掘野菜。
也不可能将他们的爱好纳入
合理的分辩：这些野菜被连根挖掘后，
会破坏植被；留下的小土坑
会为扬尘天气提供充足的货源。
构不成事件，也谈不到违法，

牵扯的道德角度也很暧昧；
那些被挖掘的痕迹，又太表面，
甚至连形状都不像受过伤的眼睛。

2019年3月25日

洋葱疗法简史

  那飘忽的小灵魂，时常跳出我
    ——王敖

很瓷实，特别是
拿它和你发热的头脑中
更光滑圆润的球状组织
作对比的时候；手感好不好
取决于蹲苗之日你究竟对世界做过
什么好事。天气恶劣的话，
你会用空纸箱在它周围
树起一道越冬的心理防线吗。
凭着叶肉独特，获得某种象征性含义
对它来说，从来就不是什么难事。
天生就蜡质多汁，所有的美味
围绕它切碎的小薄片，形成了

一个顽强的基础，但荣耀归于
地理大发现。殖民时代不起眼的附属品，
渐渐地，它超越了怀旧的动机，
用发达的弦状须根，回报岭南
垂直的阳光，令作为果实的鳞茎硕大到
犹如祭台上深色的动物睾丸。
转入思想的游戏时，它也很少失手——
一层层表皮剥下，它的重量
越来越轻，直到最后，它曾有过的心
完全被空气取代；惊悚的结果，
一个空心仿佛呼之欲出。
除非你曾承认人的浅薄
曾出卖过世界的失望，你还真就
有点对不起它那辛辣的回味
正将加速后的更干净的血
涌入灵魂的心跳。

2016年4月27日，2020年6月27日

香菜简史

灶台上,洋葱的小屁股红得发紫
令土豆暴露出黄色的鼻子,
我的厨艺还没怎么发挥出来呢,
生活的性感已杀到眼前;

我解开缰绳,系上围裙,
时间之马的白色蹄脚
好像有一次轻轻踏到案板上;
我闻到了什么?以至于

我突然意识到:香菜和百合
摆放得如此挨近,就好像我身体里
有一只你爱抚过的兔子
正温柔地注视这一切。

2019 年 11 月 7 日

混进了紫苏的裸体早餐简史

敲开之后,柔滑的液体
溢出裂缝的那一刹那,
一种放生的感觉
将你爆破在时间的恍惚中;

回过神来,那些空成两半的
绿皮蛋壳,似乎露出了陌生的微笑;
至少,在被丢进垃圾桶之前
看上去像终于减轻了负担的某种静物。

而这些,与紫苏闻到了盐味
像蝴蝶一样猛扑热身中的鸡蛋相比,
最多只能算铺垫。我并未发明过
更多的生活哲学:除了在早操中做早餐。

下一步，借着天光，
金针已被低垂的桑叶磨细；
微风拂过白头鹎的奏鸣曲时，
思想的裸体，也暴露在晨曦的口号中。

2020 年 6 月 5 日

苦瓜男孩简史

不同的道路将我们带向
迥异的灵视。通向那边的,
大路朝天,白云令时间发蓝,
风,开阔得像一个提着灯笼的
疯子突然失去了对手;
参天的大树不仅独占了
唯一的形象,就连刀刃般
耸立的绝壁也已将美丽的风景
席卷一空;而留给你的,
偏离了羊肠小道约莫两个世纪,
才算刚刚走完了一半。
需要打气的话,那细弱
却顽强的攀援,绝不简单于
它的茎秆已瘦成一条道路——
那甚至不是机缘凑巧

借助命运的暗示导致的
一种永生的变形。破土而出，
从那一刻起，向上的渴求，
就已将新颖的探索慢慢同化在
葫芦科植物的生机中；
一个带着苦味的小轮回
将你的隐身重新带回现场：
如果需要发誓的话，只有着魔的人，
才能克服死亡比悲伤更堕落。

2018年5月21日，2020年6月11日

皱皮椒简史

从不信相面术的人
看到它，或许会重新考虑
自己的立场；它应该
和丑柑来自同一方向；
腹地的峻岭中，深山的影子
高过神灵的背影；炎热和湿气
迫使它拼命改进自身的外观，
不断制造浆果表皮的皱褶，
并与那些皱褶一起，从严酷的命运中
密谋到新的个性。微微的甜辣
足以颠覆你的口感；无需躲躲
闪闪，疫情泛滥时期你的伟大的羞愧
是献给它的：不是说最初
你对它的轻视完全没有道理，
而是说长期以来你从未想对过

你身上的皱纹。每一道皱纹的出现
都曾勾起小小的烦恼；而作为
一种恐惧的治疗，每一道皱纹婉转过
怎样的丑陋的人生，身为主人，
唯心的叛徒，你竟然一无所知。

2020 年 6 月 24 日

丝瓜灯简史

> 骑象的人来了
> 我意识到我有了最新的收藏
> ——刘洁岷

不需要你特意帮忙。感知到
你的到来后,它会自动按下
犹如花瓣似的黄色开关,
将静谧的绿光均匀地洒向
渐渐靠近它的脚印。即便你
不配合,沉溺于天路
越来越像绝路,它也不会短路。
不。它没有疯,它知道你不是
燕山脚下的狄奥根尼就如同
它洞悉:此时是盛夏的白天,
艳阳当头,阳光充足得令魔鬼

只能闭紧邪恶的眼睛。
不同于夜晚的灯光,它的光源
不可用于黑白对立;它不参与
任何胜利感。它不在乎理想国里
有没有诗歌的桂冠。它的光束柔和
且稳定,但假如你有丢失的东西
想借助它来寻找,那你就找错了对象。
它因你的走进而获得了
一个超越它自身的形状,
但真想庆贺的话,请先面对
一个生命的矛盾,你身上有一种黑暗,
只有在它的如此温和的光照中
才会显出那个原型,并渐渐褪色。

2019 年 6 月 15 日,2020 年 8 月 3 日

秋葵简史

我们之所以能看见
是因为有某些看不见的东西在照亮我们
——安东尼奥·波尔基亚

叶子宽大的草本植物
将你的情绪稳定在向阳的坡地上；
一想到它们原产埃塞俄比亚，
在漫长的迁徙中经受过
无数次神话般的蜕变，
将它们从岭南移栽到北京，
你的心，便像一个悬空的小水桶。
如果稍有闪失，它们的观赏性
还会是它们的底牌吗。

凭直觉，既然生在叶腋下，

它们的花色就应该
开得像骄傲的黄瓜花一样；
它们生性喜爱阳光的照射，
直到植物的喜悦慢慢从你的印象中
衍生出另一种针对
世界观的单纯的角度；
如果你声称每个人都知道
羊角不可能是绿色的，

见识过那些可爱的果荚之后，
你或许会意识到它们的形状
就像其他可食用的木槿族植物一样
构成了我们的一个前提：
圣徒也好，俗货也罢，
你可以拥有它们，享用它们，
甚至在真切的感恩中赞美它们
绝对是天赐之物，但你必须承认
我们从未拥有它们的真理，哪怕是一秒钟。

2017年4月27日，2020年8月1日

西瓜简史

成熟意味着分享,但时间
必须由它来决定。它的结论
也很明确:任何成熟
都必须显示一定的重量。
电视剧里的镜头或许有点夸张,
但如果把它从岩石上扔向
侵略者的脑袋,一头倔驴
也会沉闷地应声倒下。没错,
它的绿头甚至没冤枉过猪八戒的
小心眼。即使你的口感
是在刀尖上练就的,
它也不会辜负一种回味——
就好像过去的你太咸了,
而它的甜蜜像一团在红色的暴雨中
浸泡过的海绵,会一点点擦掉

你身体中所有和痛苦
颜色相同的铁锈。数数那些
吐出来的黑色籽粒吧,你就会知道
它从未浪费过死亡的瞬间。

2020 年 9 月 1 日

杨梅简史

灰白的头发令他矛盾于
信使已有很长时间没刮过胡子,
甚至长相都变得像一位父亲
又穿错了浅蓝的袜子。
不会弄错的是,保鲜用的冰块没忘加吧。

抱歉。这么跳跃,多少显得有点失礼。
但重要的,难道不是比生活更重要的是,
一个人应尽可能地生活得毫无概念吗。
甚至减轻的东西,都和压力大不大,没一点关系。
嫌镜子浪费时间的话,不妨把倒影搅浑。

只要归宿还没太偏离轮廓,
天空越蓝,命运就越不好意思;
继续,继续,需要神会

一个心领的话,加点油呗!
最好的弹力无不来自脚心已经出汗。

快步走着,手里拎着一大袋杨梅,
剩下的路途是以星光为单位的;
侧面不太像,有什么关系?
因为根据新算法,他距离美丽的土星
还有八百三十六天的行程。

2018年6月5日

鸭梨简史

只看表面的话,皮糙得像是
提醒你要留神智商税。
但在这里,既然涉及肺腑如何得体,
我们也可以不拘隐喻的小节——
水果之战,漫长的北方冬季
犹如它为你挖好的
一道新战壕。硝烟太抽象,
很多串词听上去像吹牛:
譬如,我用香蕉就能俘虏伟大的感情——
说实话,感谢神明都不如感谢
你去倒水了,刚好没听到
你信不信。局势稍有缓和,
盘子就会多起来;端上来一看,
冬枣个个都表现得像是
从未听说过炮灰必须剃光头。

其实呢，战争的逻辑并不取决于
要降的火，是否已在你身体
潜伏过一万年。甚至咽喉的隐喻
比咽喉还痒，也未必都是坏事。
没准，早在你八月买银耳的时候，
天平就已开始朝鸭梨倾斜。
更意外的，吃很多，也没见
性寒微妙有点心寒呢。

2019 年 11 月 21 日

李子简史

和大黄杏一起成熟，
但陈列时，你会发现
倾斜的天平沿风俗的政治
在区分贵贱的过程中，
几乎总是以桃子为惯性，
直到生活的尺度黏得
令甜蜜的灵魂都有点不好意思；
养人养到连水汪汪
都差一点不够用：这究竟
算常识的暴政呢，还是算
你以前从没想过李子
会比命运的不公还委屈——
先是被树下的道德出卖，
接着又被死亡的阴影出卖；
这还不算完：如果贪食，

它的果酸会迅速进入
一个狠角色,将你的偏爱
变成诊断的对象,直到你
下意识地用手按住肚子——
就好像那里已沦为禁果的
一个最新的出发点。

2019 年 7 月 21 日

马黛茶简史

成年之后,我的触须
是我的舌头。隐秘的节奏,
果断于真正的智慧
无不来自万物的滋味
对人生的孤独的大胆的沉淀。
想提高分辨率的话,
我也可以这样表白,
因为洞穴如此柔软而潮湿,
在美好的春天,我常常不惜
以人的舌头为我的触须。
这细微的分别成就了
一种罕见的快乐;所以,
我很高兴,与蜗牛相比,
我的触须多数时候藏在里面,
像放在最靠近洞口的一只红勺子。

是的，多数时候，你只需相信
蜜蜂的直觉，就能咂摸出
它里面富含的矿物质
不仅能燃烧巨人的脂肪，
而且还能促进神秘的欲望；
没错，如果土著人的玩笑里
真有弦外之音，它吸起来
就像柔滑的壮阳药，足以让
博尔赫斯的迷宫禁得起
人性的腐蚀，直至神的饮料
重新将生活定义为我们必须
更积极地选择偶然，或者可能。

——赠孙新堂

2019年5月5日

野豌豆简史

一个人需要多么幸运
才可能在人生的角落里
遭遇到它的偏僻之美:
大方到哪怕你已在星球大战中
面目全非,或是浑身疲惫,
看上去像是刚从银河深处
潜泳归来。一点也不认生,
无论你身上还剩下多少
宇宙的可能性,它都会继续推动
它身上的那个生命之谜:
完美的钟状花萼,迎风时
你突然意识到我们对蜜蜂的情感
偶尔也会有点复杂;不全是
嫉妒太新颖,已变得没法解释。
回到最初,凝神之际,它犹如

一个小伙伴奇怪你居然敢

僭越智人和植物之间的界限；

腋生的花瓣，将小提琴的形状

轻轻含在削得薄薄的粉紫色龙骨中——

直到你学会将空气的眼神

吸进最陌生的肺腑，并在那里

闭气到自如，将自我的观赏性

像一个秘密，封闭在纯粹的野生中。

　　——赠一行

2019 年 5 月 19 日

蚕豆入门

装进塑料袋，一称，
它们便从陌生人的故事，
进入你的故事。它们的颠簸生涯
结束在你的精心中。假如你
不曾精心，它们会发明你的精心。
在你身上，它们不打算给时间的腐败
留下任何机会。你真该见识一下
火腿把云南介绍给它们时，
生活的味道究竟改变了什么？
在它们面前，你和我的区分
绝不可超过它们在秤杆上
显示的分量。你失眠时
它们会提着睡眠的小绿袋子，
赶过来，填满你身边的
每一个人性的漏洞。

作为一个词,听上去
致敬似乎离蚕豆很遥远——
所以我只能这么想:向蚕豆致敬,
就如同在万物的静默中
我听见了,你是我的回声。

2015 年 5 月 20 日

柠檬入门

护工拿着换下的内衣和床单
去了盥洗间。测过体温后，
护士也走了。病房又变得
像时间的洞穴。斜对面，
你的病友依然在沉睡。
楼道里，风声多于脚步声。
你睁开迷离的眼神，搜寻着
天花板上的云朵，或苇丛。
昨天，那里也曾浮现过
被野兽踩坏的童年的篱笆。
人生的幻觉仿佛亟需一点
记忆的尊严。我把你最爱的柠檬
塞进你的手心。你的状况很糟，
喝一口水都那么费劲。
加了柠檬，水，更变得像石头——

浸泡过药液的石头。卡住的石头。
但是，柠檬的手感太特别了，
它好像能瞒过医院的逻辑，
给你带去一种隐秘的生活的形状。
至少，你的眼珠会转动得像
两尾贴近水面的小鱼。我抬起
你的手臂，帮你把手心里的柠檬
移近你干燥的嘴唇。爆炸吧。
柠檬的清香。如果你兴致稍好，
我甚至会借用一下你的柠檬，
把它抛向空中：看，一只柠檬鸟
飞回来了。你认出柠檬的时间
要多过认出儿子的时间：这悲哀
太过暧昧，几乎无法承受。
但是，我和你，就像小时候
被魔术师请上过台，相互配合着，
用这最后的柠檬表演生命中
最后的魔术。整个过程中
死亡也不过是一种道具。

2014 年 11 月 28 日

紫秋葵入门

从南到北，它们的移动
仅次于鸟类的迁徙。天鹅般快递，
每个环节都值得非常感谢。
但是，它们不同情冬天的政治。
颠簸过后，它们的绿箭头
射向我们身体中的
月亮的俘虏。假如你没感觉，
结冰的小湖，入夜后会发出咔嚓的巨响。
并且很显然，这个世界上，
最安静的思想来自它们液质中的
黏性的奉献。徘徊多日，
我们的野兽，在我们面前已认不出我们；
而它们自有办法。它们小小的碧绿堤坝

就砌在冬天的幻觉里,仅次于
世界必须另有一个真相。

2014 年 12 月 21 日

糖藕入门

与红枣黑鱼炖在一起,
一抬头,月亮看上去像宇宙的左耳;
与核桃黄鳝爆炒在一起,
虎背眼瞅着就要脱节熊腰;
我差一点就没反应过来:
同样的清洗如果
用在我们身上,结果绝不会
像用在它们身上那么明显;
黑褐色的泥浆已被洗去,
且随着异味的消失,它们粗壮的根节
如同偏僻的乡村祭祀仪式里用过的
一种象征性器物,性感棕色的表皮刮除后,
白嫩的肉质清脆我们
必须对大地的馈赠和生活的礼物之间
重叠的部分有,一个更鲜明的态度;

富含黏液蛋白，滋补作用
微妙得就好像只要我们偏向
从气血的角度还原我们
对生命本身的无知，它们的粗纤维
就悄悄混入内部的搅拌，
直到我们重新意识到碱性食物的
平凡的魅力，像一份契约。

2018 年 11 月 19 日　武汉蔡甸

黑莓入门

藤本植物的带刺的问候
不断强化了一个事实:
常见的覆盆子都很鲜红,
而它却不想在颜色问题上
再浪费我们的时间。它深知
表面的颜色并不总能助人
聪明于大自然的取舍;
如此,它选择索性黑到
把它扔进煤堆,就像一根针
真的掉进了汹涌的大海。
齐腰高的货架上,躺在薄薄的
像监狱一样透明的塑料盒里,
它醒目于只要钻石是黑的,
你尽管将它们放进张开的嘴中。
富含花青素是它的拿手戏,

所以再次转回到摆放它的货架前，
你无意中会听到来自生活的感叹，
一不留神，就可能激变成
针对生活本身的感慨：
长这么大，我还从未见过
野生的黑莓呢。如此，
角色是否可靠不见得
非绝色不可，命运的误会中
也并不全是命运的安排。

2018年11月27日

佛掌参入门

通灵的茎块,出手相握之际,
它不嫌你的手掌大到
简直像它的陌生的婚床;
它顽皮如它能在你的梦中
将一只猴子变成三根小木头。
它身上的土味,即使是
从迷人的大熊星座射来的天光
也只能洗去一小半;
它静卧在你的情感线上,
就好像那里有一条隐秘的单轨
通向比宿命还缩影。
高原的湿土是它的舞台。
急雨过后,它将紫红的穗状花序
送给孤独的山风做蜡烛。
但最拿手的,还是在密封的地下,

经过反复揉捏，它把自己搓成
最小的佛手，以此来把握
天地的精华。它不会怨恨
挖它出土的，形形色色的人，
就好像渗透到我们血脉的最深处，
是它渴望展露的，小小的奇迹。

2016 年 10 月 2 日

五味子入门

仅凭纯然的野生
以及外表看去绝无半点野心
似乎还不足以还原
它为什么会在我们的神草中
埋伏了这么久。很常见,
但此时,它偏僻于巴山深处
有条长长的峡谷,也叫青龙峡。

成果于中秋节前,性状可爱得
就好像你最近频频梦见
斑羚也喜欢偷食它。
它的液相,也没把你当外人。
背篓放下后,它安静如
一个粉红色巨婴刚刚解体在
成串的小果球中。神秘的受益

向来就不缺乏偶然的相遇。
它并不知道,经过猛烈的浸泡,
它有可能是某个无名的乡下女人
一生的成就;而我们好像
突然就听懂了它在永恒的眼泪中
发出的呼唤:这么大一袋,
才十块钱,带我走吧。

——赠人邻

2016年9月5日

野坝子蜜入门

野拔子和野巴子的
唯一区别是,无论这世界
多么操蛋,你依然可以
在海拔两千五百米的草甸上
管它叫野香薷:唇形科,
对生的卵形叶边缘,
锯齿粗硬,但不负责矫正
虎口里有没有比生锈的时代
更容易发黑的钢牙。
焦距调好后,虎纹令蜜蜂
听上去像连击的小榔头,
盲目地敲打着盲目的爱。
介于草本和灌木之间
仿佛只是它释放自己
独异的花香的一种策略:

轮伞花序，一看就很中草药；
而我们已中毒太深，
只能在大理的偏方中，
将信将疑它比云南
最好的硬蜜更擅长
在我们的内部凝结成
新的晶体，或新的警惕。

　　——赠谷禾

2016年7月22日

北方特有的唇形科植物入门

它应该就是黄芩。
遥远的，枯黄的草木里
有一个袅娜的今天，
比精致的蒸气还争气。
土法加工，偶尔也会贴上
民间工艺的标签，蒙一蒙
城里来的，喘吁吁的散客；
但东西确实是好东西，
苦涩的味道，甚至可泻
肺火中的邪火。仅凭原始的记忆，
我们就能喝出它的秘诀。
它就像一个加热过的水秤，
以你的身体为陌生的器形。
名义上也算是茶；制作的方法中
始终有一个劳动的身影

向生命的秘密形象敞开着；
即使与你我的，只重叠了
那么一小点，也能令我们的
疲倦，微妙于理想的睡眠。
而它的口号竟然也是：不反弹。

　　　——赠唯阿

2016 年 4 月 18 日

杨梅入门

出鞘的剑,还没来得及散尽寒光,
便突然消失在雨后的山气中;
瓯江边上,轮到它们
登场的时间,就这样悄悄降临了。
小小的圆果,将红和黑紧密统一在
自身的成熟中,随后坦然于
品尝即命运。道理听起来也通顺:
成年之后,神秘的饥渴
很危险,但到目前为止,
它们却是我们能依赖的,
最好的自我教育。其实,
也没什么好意外的——
饱满在正确的果形中,
它们的大小,刚巧可用来
点化北方佬的新鲜感。

那果核如同漂亮的乳头,
稍一口感,江南的元气
便已多汁在强烈的紫红中。
浑身长满密集的小刺,但它们
要教训的对象,却不是你或我,
取法得当的话,连砒霜
也不是它们的对手。南明山下,
它们是我吃过的,世界上
最好吃的东西。潜台词还用说嘛,
无论你身在哪里,离开故乡的日子
已有多久;它们的重量
不多不少,始终等同于
你童年的重量。甚至把我的
加进去,结果也一样。

2016年6月17日

白蒿入门

秦岭深处，它们蜷缩在
农妇的柳条篮中；名义上
比野菜还野味，专治
偏食的偏见。三月的春阳下，
它们的娇嫩如同一出小戏，
柔软在偏僻的命运中；
以至于我在它们身上认出了
我们的柔软，连颜色
都非常接近，却不敢承认。
那情形就好像我的难为情中
包含着它们摊开的身姿
一直试图将我的目光压低到
和它们的目光毫无区别。
更意外的，在它们的目光中

我的记忆也开始慢慢混入
它们身上原始的春香。

2016 年 3 月 31 日

藜麦入门

大小如同黄米，但比起发黏的黄
它有更劲道的想象力。
当你以为它不过是较为
稀罕的谷物时，它其实是回报。
它是曾以神鸟为信使
专门送给好心人的礼物。
当你以为它只是神秘的回报，
它却安于小小的颗粒，暗红或黑褐；
并借助高海拔，不断完善
它自身的美味。正是通过
它激发的口感，你更加确信
世界不过是一个寓言。
它能让黄金在我们的变形记里
也拥有一段完美的十二指肠；
狂热的时候，足以消化你所知道的

任何世界之谜。但它从不试图
在你和它之间寻求对等；
那样的话，你也许会有点懊恼地觉得
你是最后一个才食用它的人。
深刻于机遇，但它并不想过度
依赖命运。它把自己摊放在
干燥的岩石上，以便猫头鹰，
田鼠，鹦鹉，乃至蝗虫，
能和我们有同样的机会
接近它，并从它的无私中
恢复一点宇宙的可能性。

2016年2月18日

芝麻菜入门

外面,盐白如彗星的
小手提袋的,新添的积雪是
今日菜谱的第一页。
但翻过来,寂静的枝条上,
北美海棠的小红果是否可食,
纯属本地的秘密:印第安魔力
听上去哪儿还有树木的影子,
完全像烈酒的名字;所以,
你必须自己做出像样的判断,
才能体味这么寒冷的日子里,
它们装饰的究竟是什么。
远处,白云低垂的腹部带来的
一种信任,让阿巴拉契亚的群峰
渐渐适应了平缓中的高度——
我猜想,这样的高度无形中

也加剧了这些芝麻菜的冬季风味，
以至于咀嚼它们时，你能听见
断裂的松枝在基训河的上游
落入水中的声音：非常清晰，
所以，在某些瞬间里，
你绝不可能误解这个世界。

2016 年 1 月 15 日

枫糖液入门

整个下午，本地的枫糖液
扭动着琥珀色的腰肢，
从各种陌生的角度，
向你兜售一记甜蜜的老拳；

如何出手，难道还需要
用时间的政治把你的眼睛
再蒙上一次吗？靶子是现成的，
一直都隐藏在你身上；

即便明确成对象，也是彼此
较着劲，比客观还漂亮。
唯一需要解释的是，这里，
老，究竟涉及怎样的含义。

剔透到浓稠,但它并没隐瞒
这树蜜是从高达四十米的枫树上
采集来的;而那些开凿在树干上的小洞,
作为甜蜜的通道,它们的历史

已有一千六百年。仅凭这一点,
它已指出,你的记忆存有怎样的缺陷,
且亟待通过这些蜜液的注入,
才能重返荒野中的停留——

那里,经过原始的消化,
甜蜜的暴力仿佛已练就了
一种绝对的分寸,足以从内部
将你直接唤醒到纯粹的原型之中。

2016 年 1 月 14 日

注:"时间的政治",借自彼得·奥斯本。"荒野中的停留",语出约瑟夫·布罗茨基。"甜蜜的暴力",借自特里·伊格尔顿。枫糖液,Maple Syrup,也称枫蜜,枫糖浆。枫树树蜜的浓缩提取物。

芒果入门

芒果的说服力
确实值得借鉴。黄色越醒目，
成熟越绝对。它们赞同这想法，
并鼓励这样的迁徙——
甜，沿北方的记忆
放大了世界的爱。每个人
都可能沾边，和每个人
都有机会沾边的区别
真的有那么大吗？芒果的疯狂
比你在我们的死亡中
懂得的东西更接近本质；
它们将它们的本色
陈列在时光的形状中。
不论你在哪儿，只要我们手里
还没拿着原始的石头，

你就比地狱幸运。捏一下五月,
还没怎么反应过来呢,
生活的臀部已缀满了
你的芒果。我如果还有别的替身,
我会比现在更愿意看到
将金枝压向大地的哭泣的
那最后的重量,来自你
有一颗无知的甜心。

2015 年 5 月 24 日

柏林黑莓入门

同行的天使中,至少有两个人
没吃过它。第一印象,
它像熟睡中的蜘蛛妈妈,
鼓着黑紫的大肚子。绝对的成熟
即绝对的放松。第二印象,
如果你记得丢勒描绘过的
并拢的双手,那么,再次摊开时,
漫漫长路已被缩短,它是足以将你的手心
变成一个王国的黑美人。
它的故事比初吻还多,
比黑暗中的大西洋的海浪还妩媚。
原产加拿大,但墨西哥
似乎有更好的品种。品尝一个,
熊心会回来两次。品尝两个,
豹子胆会从空气中掏出

一根发黏的弹簧。以此类推,
柏林是柏林的插曲。最后一个,
偎依在你舌尖的时间
似乎比其他的,要多三十秒——
它帮你回忆起世界还有另一面。

2015 年 7 月 14 日

蕨麻丛书

浸泡在酸奶中,时而像蝌蚪,
密密麻麻在夏日的
一个纺锤形的邀请里;
时而又像深棕色的陌生的眼睛,
等着你使用你从未使用过的舌头。
品尝之前,我本打算问清楚
它们究竟是什么?但是出于
对高原的信任,我决定先吃完再说。
从未有过的味道,但却谈不上好,或不好。
也谈不上普通,或不普通;
怪异,或不怪异;也不在尺度之内。
它们带我去的地方,无门可入,
一个元素的空间:偏僻而神圣。
突然的进入,那里面的封闭
完美了血的原始记忆。

微量的锌，微量的镁，频繁地踮起
它们的芭蕾舞脚尖；兄弟，请看清楚了——
这迷人的旋转可从未低于海拔四千米。
返回时，咀嚼也恰好结束；
身边的藏族朋友告诉我，
它们另外的名字叫人参果。

——赠王自亮

2014 年 7 月

芹菜的琴丛书

我用芹菜做了
一把琴,它也许是世界上
最瘦的琴。看上去同样很新鲜。
碧绿的琴弦,镇静如
你遇到了宇宙中最难的事情
但并不缺少线索。
弹奏它时,我确信
你有一双手,不仅我没见过,
死神也没见过。

2013 年 2 月 27 日

好色的蔬菜丛书

意识到土地的意义

尚未被完全污染之后，

我爱上了种菜。我种的西红柿

表皮上透着诗歌红。所以，

我并不惊异于攥紧的拳头里

握着的有时是一道彩虹。

我种的小油菜泛着诗歌绿，

所以，新鲜岂止是一种滋味。

我种的四季豆富含诗歌氨基酸，

不偏食，偏心才有底牌可言。

我种的菜花让诗歌的生殖器

沉重如硕大的花球，洁白而紧凑。

我种的南瓜洋溢着诗歌黄，

靠底色环保，本色才有面子。

我种的茄子像一只小圆鼓

从内部膨胀着诗歌的紫色。
顺便提一下，小说的紫色
已由美国人艾丽丝·沃克写出。
1986年的夏天，我花了一个晚上
把它读了两遍。从此，觉醒的颜色
就由紫色来定性。我喜爱清晨，
也主要是因为一天之中只有这时
紫色才会准确地出现在天边。
我种的那些蔬菜看不见
天空中的紫色，但它们喜欢我
起得比清晨还早。它们的喜欢
可以作为一种信任延伸到
我的色谱声明中：我的时光只限于清晨。
我的清晨，就是我的上午和我的下午。

2012年5月

蘑菇丛书

悲观主义者很少会爱上蘑菇,
或像你那样,忠实于蘑菇带给你的感觉。
常识告诉你,没背叛过虚无的人
不会有兴趣了解蘑菇的精神——
它们的翻滚,甚至比肉体做得还好。

它们翻滚在平底锅里,翻滚在你的喉舌深处。
柔滑,鲜嫩,丝毫也不惧怕你
会夺走它们的一切。凡乐观主义者能想到的真理,
它们都会给出一种形状。凡你想隐瞒的事,
它们都能给予最深切的谅解。

它们闻到了小鸡肉的味道。
它们喜爱大蒜和西兰花签下的合同。
它们撑开的伞降落着,降落着,直到在你心里

变成了一个营养丰富的小神。
消失和消化的区别也许

没有你想得那么大。在消失之前,
他从里面递出一份新菜谱,
请求下一次你能更耐心地咀嚼
蘑菇身上的暗示。还从未过一种暗示
比它们更接近宇宙的暗示。

2010 年 11 月

金银花丛书

几只野猫从它们的领地里
警惕地,盯住从竹林后面走出的
一伙人:在它们和我们之间,
距离的每一次微妙的改变,
都意味着动物很政治。

没错,在它们玻璃子弹般的眼睛里,
有一个不为我们所知的世界。
但是,你不必道歉。你不必担心
剩下的谜本来就已经很少。你也不必解释
谜,从来就拒绝有自己的风格。

现在,向五月的风格提供例子的
是这几株茂盛的金银花。现实中的火
越抽象,它们的药用价值就越高;

尽管被喷过防虫剂，但加工它们的过程
仍是朴素的。你不会声称你从未采摘过东西吧。

2006 年 5 月

芦笋丛书

从沸水里捞出它们,放进
洗好的盘子:这些芦笋
文静得就如同绿粉笔。
正如你猜想的:生活的黑板
还颠簸在路上,还要过几小时
才会运到此地。你还有机会
捏一下悠悠里的自我,并且趁热
从天赋中拔去一些杂毛,
给反骨播放一段语录:
不炖出个样子来,就不给天堂回信。
没错,你制定过很多大胆的计划,
但是最终,你信任的是菜谱:
它就飘浮在暧昧的空气里。
像菜谱一样忠实,意味着你现在
终于可以对自己发出邀请了。

瞧，这些绿莹莹的芦笋

即使放在盘子里也不安分，

正用绿指头戳着最后的晚餐呢。

2006年7月，2007年3月

芜菁丛书

你的耳朵被黑格尔
堵住的时候,它叫蔓菁;
名字好听得就好像
上初中的时候,隔壁大院里
最漂亮的女孩差一点
也叫蔓菁。你的眼睛
被惠特曼蒙上的时候,
它叫大头菜;两年生草本植物,
深裂的羽状青叶仿佛知道
你小时候养过至少七只兔子。
细节的力量往往会在
不经意间体现出来;用清水冲去
表面的泥浆时,多肉的块根
会将一个近乎光滑的玉白球形
悄悄塞进你的手心;

虽然无人见证，但仪式感
却一丝不苟，就好像这是专门
为你补办的一次成人礼。
从此以后，你要格外留意
那些只有研成碎末
才能发挥奇效的东西。
没错，它也是母亲偏爱的食材。
将它切成小细块，用温火煮沸；
眼睛再次睁开时，生活的形状
越来越偏向十字花科。

2005年7月

蓝靛果丛书

长白山下,它让我看
它身上紫蓝色的钻石胎记,
而最先映入眼帘的却是宇宙的
蓝耳坠。戴腻了的话,还可以食用。

从羊奶子到黑瞎子果,每个部位
都比秋天的色情还关键;
轻轻一挤,深色的浆液
竟如同火山石的眼泪。

偏僻的地气里的小小的正确:
它把自己能把握的真理
都献给了单纯的事物。它单纯到
可以无视我们和狐狸之间有过的区别。

即使看外表，也不同于蓝莓。
它用惊人的紫蓝等候你我多年，
就仿佛在它的一个瞬间里，
我们的一万年已远远落后。

2014年10月5日

海南莲雾丛书

远远看去,它像一把喝醉了的红锁;
但是,有门,没门,从来就不是重点。
它赌你身上至少还会有
一次生命的反弹。

近看时,它从风铃中找回了
你被剥夺的颜色。它的海绵山
隆起在大红大紫中,将巨大的交易
重新缩小到分寸的讲究中。

实际上,它不太适合于观看。
多数时候,它如同一间乡下急诊室。
走进去时,你是个有点复杂的病人。
走出来时,你看上去像个红得发紫的医生。

2014 年 1 月 28 日

云南酸角丛书

童年的小过失中它常常是
必不可少的同伙,瘦长的热带身材,
脆裂的陈皮内有陌生的甜
一再点拨甜的陌生。原来这家伙
就是罗望子。从非洲一直魅力到
印度人发明了咖喱。微妙的柠檬酸
尽管那时还缺少文字说明,
但它的诱惑是成功的;
它诱惑我想到高高的标语墙后
更多的猪肉和白米。
但现在看来,它的安慰似乎更成功——
带着圣婴的形状,它潜伏到
我的胃口中,就好像艰难的世事里

我们的记忆是否深切，

最终是由我们的舌尖决定的。

2014 年 3 月 30 日

紫肉丛书

早市上,卖桑葚的,
不会超过三家。摊位并不固定,
但找起来并不难。有一阵子
你曾感到奇怪,旁边蹲着卖油麦菜
或茼蒿的,大多是农妇;
但卖桑葚的,几乎都是老汉。
这情形,在郊区的早市上
差不多已持续了十年。此外还有一种情形,
你即使错过了生活,也不会错过它们。
装苹果用的纸箱,现在
堆放在里面的却是桑葚,
柔软的紫肉,像刚刚被屠宰的
叫不出名字的小兽。
留给它们的新鲜的时间很短暂,
像今天这么强烈的阳光,

从八点开始计算，基本上不超过三小时。
仿佛有默契，它们把它们的新鲜托付给你；
它们的新鲜紧迫如一种责任，
你有神秘的义务，在它们开始腐败之前，
将它们处理干净。随后作为记忆的新燃料，
它们开始沿那些秘密的脉管，
加剧你的生命之火。

2014 年 6 月 18 日

热带水果摊丛书

椰子堆得像是有只小象
躺在顽皮的里面。母亲般的热带,
绿夜甚至从中午就开始了——
多节的甘蔗既是它的指针,
也是我的指南针。等红绿灯时,
每个风景都颤动一对膝盖。
但事实上,除了陌生的咀嚼
以及咀嚼陌生,我几乎无处可去。
软硬都很味道,我的咀嚼挖我
就好像我是我从未打通过的洞。
洞口附近,佛头果从台湾引进,
一转脸,就变成了番荔枝;
特别甜,串通特别舔,
还没来得及像金丝猴一样调够皮,
就被拉入了抗癌的小分队。

而杨桃的样子很好看，但味道
却完全辜负了它的外表；
不仅如此，它的目光绿得像
小作坊里腌制的泡菜。
成熟的木瓜一点也不无辜，
比乳房更乳房，几乎没给
身边的美人留什么面子。
还是番石榴听得懂蜜蜂的留言，
知道怎么给我留些面子。
比如，我健康得就好像手里的
番石榴是晚餐前的一小瓶药。

2014 年 1 月 25 日

黄瓜协会

有过几个星期,甚至连雷雨

都未能清除它的宽叶上那些暧昧的白毛。

需要抵抗空气的反常时,它首先使用的是脆弱。

你曾以为它正慢慢死掉。

每次麻雀来访,都会丢下一连串试探;

而大地就像一张病床。

它导演了和它有关的生命迹象,

包括了假死,也包括了成长是成长的致命的跑题。

它的旁边,你的时间像一口绿色的钟

透明在它的独角戏中。

甚至连跑龙套的小黄蜂都知道，
你的时间从来就不取决于你有没有时间。

2014 年 6 月 29 日

蛇瓜协会

它身上有两件东西
牵扯到顾名思义。第一件
和形状有关。你很容易猜到。
第二件,除了我,没人能猜到。

它的左边是苦瓜苗。每天的浇水量相同,
但它的长势像张开的蝙蝠翅膀,
而苦瓜苗则像安静的灯绳。
它的饥饿掩盖着它的疯狂,

它的呼吁像一盏只能照亮蜜蜂的灯。
脆弱,是它使用过的语言中,
你唯一能听懂的词。就凭这唯一的交流,
它把它的生与死分别交到你手上。

两米内,你必须对它的生负责。
这样,冬天来临前,它会是盛夏的别针,
将忠实的绿荫别在热浪中;
但一米内,你必须对它的死负责。

不同于朋友,它近乎一个美妙的伴侣,
但你别指望它会以同样的方式
对待你。不。它没有别的选择,
半米之内,你就是它的上帝。

远去或抵近,它能随时感觉到你的脚步。
它甚至能嗅出你手里有没有小水壶。
如果你偷懒,你的脑袋里
就会浮现出一条蛇。

2014 年 4 月 29 日

覆盆子协会

荒野里的神性
已注射完毕；半跪着，
乱发如黑风刚刚吹过
九月的天池，且只能从侧面看见
将要发生的事：时间的野兽
正等着催眠，但我没空，
我正忙着在红树莓和覆盆子之间
搭一座桥。一只黑枕黄鹂
会替你验收它的共振
是否足以经得住奔跑中的
被激怒的黑熊。溪流湍急时，
至少倒下有二十年的黑松
变成了独木桥。原始的
绿阴里，美丽的火山
像是刚刚给我们的深渊

换过一张新的底牌。
桥对面,松鼠和野兔排着队,
像是要去参加秋天的
化装舞会。而它的反应
全都集中在红透的果肉中。
仅供偶然的幸运享用,
但假如你误食了,或者在别处,
因它另外的美名而品尝过,
我会跟命运女神解释清楚
你和奔跑的熊享有同样待遇,
从一开始,它就不在禁食的名单上。

2014 年 10 月

穿心莲协会

诗是平凡生活中的神秘力量
——加西亚·马尔克斯

去年种下的,没熬过冬天。
它们死的时候,我甚至不能确定
我们在哪儿?它们是被冻死的,
它们的死里,有一种说不出的轻微。
而狗的见证,也仅仅限于
狗已不再凑过去嗅它们。
为它们举行葬礼的,仿佛只是
凋萎的落叶和干硬的鸟屎。
也许旁边还陈列着蟋蟀的假木乃伊。
我仿佛收到过警告,但它轻得
像从喜鹊嘴里,掉下的树枝。
而你能推测的只是,如果这些树枝

没从喜鹊嘴里掉落，会被用来
筑起一个醒目的越冬鸟巢。
此刻，我能想到的是，假如它们
熬过了冬天，它们现在便会晃动
它们众多的名字：从印度草到苦胆草，
从一见喜到金耳钩，像试探
你的秘密一样，试探你
究竟喜欢哪一个。而它们最喜欢做的，
仿佛是绕开这些不同的别名，
用同样的苦，笔直地穿透你的心。

2014 年 4 月 18 日

木瓜灯协会

热带的秘密,它坦然于自己
从未将如此美丽的乳房
当成诱惑的武器。男人的错误
其实并没有那么古老,不同于夏娃
首先吃掉了苹果。它记得
我们的爱欲在前往自然的途中
是可以酝酿的。你知道怎么
用木瓜制作一盏青灯吗?
它放任成对的山雀在它的阴影里
将热带的声音折叠成
一把透明的小椅子。解决了
那些该死问题后,你也不是
绝对没有机会坐在上面。
不同于其他的热带水果,
它的光仿佛只偏向于照亮它自己:

从外面看,青绿莹莹,
从里面看,带点羞涩的橘红。
请再安静一点吧。因为
此时,你不是从外面凑近它,
而是它,正在你的身体里凑近你。

2014 年 1 月 23 日

菠萝蜜协会

用它的多心，它积蓄了
奇异的浓甜，然后将自己上升到
斧子够不到的地方。
从万有引力的角度看，
它个头硕大，如同备用的铁锤，
但它并不想像铁锤那样卷入
人类的纷争。它的浓甜
像它的浓阴一样没有悬念。
它是它自己的纪念碑，但并不狭隘。
它对死亡或恐惧没有兴趣，
它不纪念死者，它只纪念还活着的人。
当我们忙于以世界为对象时，
它却一味地以我们为对象。
它有厚厚的硬皮，上面布满
密密麻麻的刺角，很适于制作

天然的面具；但它无意进入我们的收藏。
不论你是否愿意相信，
它金黄的果肉都熔化过黄金；
它的秘密反复出现在金黄的咀嚼中。
据说，当地的年轻人约会前
会咀嚼它来改变口腔中的异味。
此外，从缓解嗓子冒烟到纯物理美容，
它半真半假地抵消了
生活对我们的遗忘。

2014年1月22日

山竹协会

五指山下，已轮番过多次，
敲起来硬邦邦的国王们，
还是从热带的枝条上败下阵来。

它才没工夫嫉妒菠萝蜜也叫水果皇后呢。
它有自己的法宝。屁股上有几个绿蒂，
它的心就有几颗：每颗都很乳白，

但它无意和我们竞争——
谁更代表心灵的颜色，它想比的是
谁更能甜到热带的记忆深处。

它的脾气倔到每十年才会适应一次。
我们吃掉它，水果皇后失踪了；
而我们的面孔仿佛还和以前一样无辜。

2014年1月21日

采草莓

对于象征性的早餐而言
我已采摘了足够多的野草莓。
我提着红塑料桶走在
你昨天指给我某像迹象的山坡上。
那些草莓似乎在晃动的小桶中
也能继续它们的睡眠。
它们的睡眠是关于我们的口味的。
它们的梦想,如果有,
则涉及我们怎样为新的森林女神
而改变我们的饮食习惯。
它们的睡眠也可以看成是
因果链上的新环节。
而我一旦走下山坡
就能完成我的环节。
起得这么早,无非是

想在被正式介绍给你之前
获得一个轻松的身体。
我快乐吗?——如果我的快乐
源于我从不与任何人讨论信心;
如果那个无人能回答的问题
可以用这种方式去反问。
这里面当然有一个如何去衡量
它的问题。而我的衡量标准
是在偶然的黎明中找到的;
我选择的路线毫无规律,
却正好经过一只山鸡的迷途。
它像是从打翻的竹篮子里
突突地飞蹿而出,飞向我们
即使愿意变成小精灵
也无法在那里架起
野炊的铁锅的某个地方。

1998年5月

百香果

孩子们围坐成一个圈,
吃葡萄,吃芭乐,吃莲雾,
吃香蕉,吃切好的西瓜,
但你不在这圈子内。

你有一个好听的名字
就像是一口井里
一下子掉进了一百只猫。
那里,它们狂乱的嗅觉是一部歌剧。

你的香气的确有点响亮,
像吃完水果的孩子们
正被一个个叫起来背诵山水诗。
而你的大小如同高尔夫球。

你的皮肤紫中透黑,

像三男两女刚从西藏度假回来。

当我吸吮那些果露,

你是完美的静物,反咬一口。

2002年11月

采莲子

悄悄地,他在我们的生活中
洗净了一只藕。
他往盛醋的碗里放了一小勺糖。
他完成了任务。

三小时过去,这只被洗净的藕
仍放在厨房的案板上。
这只藕共有三节,像寂静的会议室中
被羞辱过的三段论。

我均匀地切着藕片——
它们看上去像一把没有流通过的铜钱。
我也完成了任务。
而你品尝着。一些比喻到此为止。

2001 年 4 月

葡萄

常见的美味,很容易到手;
在恋人中间递来
递去的果物里,唯有它
既饱满得充满诱惑,
又浑圆得毫无邪念;

红得发紫,用在我们身上
就错误百出;用在它身上
却像天衣非常合身;
每一粒都很骄傲,却自然得
仅限于愿意与我们

在任何时候和任何地点
分享它多汁的甜蜜。
而且我做过一个小试验,

虽然尚未完全理解
其中的含义：闭上一只眼，

将一颗葡萄慢慢移向
另一只睁大的眼睛时，
那么小的它，却可以将刺眼的烈日
遮挡得严严实实，只剩下
一束微弱的光环。于是我猜想

除了将它作为丰收的喜悦
送进嘴里，这成串的葡萄
也在我们身上悄悄发明了
和它的甜蜜相称的
却很难命名的某样东西。

1996 年 9 月，1997 年 8 月

初春的堇菜

与早春争艳的花草中，
光瓣堇菜的海拔应该是最低的，
低到一条狗突然冲向
冷嘲的乌鸦时，曾将它们
毫无顾忌地踩踏在脚下；

同样的冲动也常见于野猫的好奇；
几只喜鹊受惊之后，现场的痕迹
虽然轻微，但在那不易察觉的凌乱中
你仍能感觉到一只大猫
踩过的踪影：非常轻捷，

却构成了一种野性的践踏。
还有一些更原始的凹陷，像是出自
很久以前，一头野猪突然调过头，

朝着我们这边突围时,
在它们身上留下的。这虽然是

一个梦,但清醒之后,
你只能保证你自己;你的同类中
有没有人曾将它们的小紫花
不经心地踩在鞋底;谁敢保证?
假如引用人类的法律,

它们显然遭受过很多伤害;
但你的歉疚并不适合它们。如果需要纠正,
朝它们走去时,你应该比过去更轻快,
更懂得如何插足在它们中间,
并将它们的底色放大为内心的喜悦。

1998年5月,1999年4月

菠菜

美丽的菠菜不曾把你
藏在它们的绿色衬衣里。
你甚至没有穿过
任何一种绿颜色的衬衣,
你回避了这样的形象;
而我能更清楚地记得
你沉默的肉体就像
一粒极端的种子。
为什么菠菜看起来
是美丽的?为什么
我知道你会想到
但不会提出这样的问题?
我冲洗菠菜时感到
它们碧绿的质量摸上去
就像是我和植物的孩子。

如此，菠菜回答了
我们怎样才能在我们的生活中
看见对他们来说
似乎并不存在的天使的问题。
菠菜的美丽是脆弱的
当我们面对一个只有五十平方米的
标准的空间时，鲜明的菠菜
是最脆弱的真相。表面上，
它们有些零乱，不易整理；
它们的美丽也可以说
是由繁琐的力量来维持的；
而它们的营养纠正了
他们的价格，不左也不右。

1998 年

剥洋葱丛书

表面上，圆石头和洋葱
是两回事。大小即便一样，
我们的精神分裂也不会波及它们。
它们只是在不同的故事中
转动我们的眼球。西西弗斯把石头推向山顶，
从汗味判断，他喜欢吃洋葱，
他的臂力有一部分
明显源自橄榄油炒鸡蛋洋葱。
剥去神话的外衣，那也是
一件苦活。所以，他理应知道
用洋葱浸过的葡萄酒
对浪漫的夜晚所起的作用。
小花招垫底大探索。只有胡须茂密的
易卜生才不在乎西西弗斯
爱不爱吃洋葱。他派了一个小角色，

像模像样地登上世界的舞台,
让冷酷的戏剧给诗歌剥洋葱。
洋葱的包皮不断被剥去。
据说,每一层葱皮都代表
人的一种性格。以至于剥到后来,
那可怜的人发现活干得越多
它就越像是在受刑。而且尺度暧昧的,
几乎没有会同意他的遭遇
比西西弗斯的处境还残酷。
按旁观者的说法,洋葱并没有
把洋葱的本质留在洋葱里面。
手艺精湛,所以那小小的失望
仿佛并不是在剥去的洋葱中
一个人没能找到那颗被想象过的心。
不就是剥洋葱嘛。怎么可能剥着,
剥着,竟然把人给剥空了。
有很长一段时间,我为自己感觉不到
他的恐惧而羞愧。我想建议他
去剥柚子,或是用石榴代替洋葱。
也许关键并不在于有没有

好的办法消除他的不安,而是
找不到合适的语调,像聊天那样
告诉他,剥洋葱剥到的空无
恰恰是对我们的一次解放。

2004年4月,2012年2月